講談社文庫

ダマシ×ダマシ

SWINDLER

森 博嗣

講談社

目次

プロローグ――9

第1章　だんだんはじまる――32

第2章　どんどんはげしく――111

第3章　さまざまいろいろ――196

第4章　しだいにゆるやか――277

エピローグ――350

解説：唐仁原多里――362

著作リスト――366

SWINDLER

by

MORI Hiroshi

2017

PAPERBACK VERSION

2020

森　博　嗣

MORI Hiroshi

ダマシ×ダマシ

SWINDLER

恐らく、この一家は被暗示性の高い体質を共有していたのだろう。そうした場合には、現実と空想の見分けがつかなくなってしまうだけでなく、それが事実だと言われると、事実のように思ってしまうことも起こりやすいのだ。冤罪が生み出されるプロセスには、こうした心理特性も関与していると考えられる。

（マインド・コントロール／岡田尊司）

登場人物

上村《かみむら》　恵子《けいこ》 ------------------------------ 依頼人

鳥坂《とりさか》　大介《だいすけ》 ------------------------------ 詐欺師

鳥井《とりい》　信二《しんじ》 ---------------------------- その本名

津村《つむら》　路代《みちよ》 ------------------------------ モデル

繁本《しげもと》　さくら ---------------------------- 会社員

安藤《あんどう》　順子《じゅんこ》 ------------------------------ ライタ

前山《まえやま》　登《のぼる》 -------------------------------- 店員

小谷野《こやの》 ------------------------------------ 助教

田辺《たなべ》　洋介《ようすけ》 ---------------------------- 指導教官

新島《にいじま》 -------------------------------- 野球部監督

椙田《すぎた》　泰男《やすお》 -------------------------- 美術鑑定業

小川《おがわ》　令子《れいこ》 ---------------------------- その助手

真鍋《まなべ》　瞬市《しゅんいち》 ------------------------------ 芸大生

永田《ながた》　絵里子《えりこ》 ---------------------------- 会社員

鷹知《たかち》　祐一朗《ゆういちろう》 ---------------------------- 探偵

野村《のむら》 -------------------------------------- 刑事

プロローグ

それまで自分の欠陥や問題や罪だと思っていたことが、実は、既存の体制や敵側からの攻撃や不当な仕打ちの結果であると教えられ、格好のはけ口を与えられる。自分の問題に悩むよりも、不当な敵に憎しみを向け、復讐することに、自分の存在意義を見出すのだ。その結果、その人を苛んでいた自己否定から解放され、自分の価値を取り戻す機会を与えられる。

実は、自分の中の挫折感や罪悪感も、外なる敵のせいだとみなすことで、自分の問題に向き合うことを免れるだけでなく、復讐という大義を手に入れることで、生きる（死ぬ）意味さえも取り戻せるのである。

小川令子《おがわれいこ》は、落葉掃除《そうじ》をしていた。事務所のあるビルの前はアスファルトの道路だが、自動車が通ることは滅多《めった》にない。近くに目立つほど大きな樹はないのに、どこからか落葉が飛んできて、道路脇の段差のところに溜《た》まってしまう。それを掃《は》き集めてビニル袋に入れる作業である。誰かに指示されたわけでもなく、町内会のノルマでもない。あくまでも自主的な活動だ。箒《ほうき》と塵取《ちりと》りは、通販で購入したもので、これは事務所の経費で落とした。これまで気になったことなどなかったのに、三日まえにふと、落葉が溜まっているな、雨が降ったら側溝《そっこう》が詰まってしまうのではないか、と思ったので、注文したものだ。したがって、今日がその箒たちのデビュー戦。室内ならば掃除機で事足りるのに、屋外の掃除は面倒だ、と感じながらの作業だった。

高齢の女性が掃除をしているのに気づいた。いつの間に出てきたのかわからない。目が合ったので、軽く頭を下げると、むこうもお辞儀をした。近所の人なのだろう。この近辺には住宅も幾らかあるし、アパートも多い。おそらく、住人なのだろう。小川はここに住んでいるわけではないので、もちろん顔見知りでもない。

こちらへ近づいてきた。難しい顔をしている。睨《にら》むように、小川を見据《みす》えている。

「あんた、どこの人?」その老婆がきいた。

「こちらに、勤めております」小川は、建物を手で示した。

老婆はちらりとビルを見た。看板というものは出ていない。二階に上がって、通路を進み、ドアの前の表札を見ないかぎり、〈SYアート&リサーチ〉という名称はわからない。だから、今この老婆にそれを言っても、無駄《むだ》だと思ったのである。

「ああ、探偵社の？」老婆はそう呟《つぶや》いた。

「あ、はい。そうです」小川は、少し驚いた。知っているのだ。通路まで見にきたことがあるのだろうか。

「社長さんは、お元気？」表情が変わり、老婆は穏やかに微笑《ほほえ》んだ。

「え、ええ……」小川は頷《うなず》く。社長といえば、椙田《すぎた》のことだ。老婆は、椙田を知っているのだ。

「最近、あまり、お見かけしないから」魔女のように顎《あご》を上げて、奇妙な仕草《しぐさ》で首を傾《かし》げる。

化粧をしていないうえ、髪も縛られていて、飾り気がない。老婆だと認識したあと、ピントが合っていなかったのだが、よくよく観察すると、細い肢体《したい》ながら背筋が伸びている。若い頃は美人だったのではないか、と見直した。

「はい。最近はあまり、出てきません。伝えておきましょうか？　あの、失礼ですが、お名前は何とおっしゃいますか？」

「いいわよ、そんな……。なにも用事はありませんから」老婆は笑って、片手を振った。もう少し手が伸びたら、肩を叩かれていただろう。「ナオミが心配してましたって、言っといてちょうだい」

「あ、はい……」なんだかんだといって、名乗ったではないか。用件も言ったではないか。

老婆は、くるりと向きを変え、去っていった。箒を片手に持っている。後ろ姿も魔女のようだ。

椙田に報告して、あの女が何者なのか問い質《ただ》そう、と心に大きめのポストイットを貼った。

「あのぉ」と後ろで小さな声がした。

振り返ると、若い女性が立っている。自分に声をかけたのだろうか、と小川は思った。というのも、距離が五メートル以上離れているし、こちらを見ていない。右側を見上げている。そちらは、事務所があるビルだ。しかし、自分のほかに、声が届く範囲には誰もいない。

「SYアート&リサーチという会社を探しているんです」女性は言った。「この辺りのはずなんですけれど」

「はい、ここです」小川は笑顔になった。「このビルの二階です。私は、そこの社員をしております」

これについては、反応がなかった。普通ならば、喜ぶとか、ちょっと驚いたといったリアクションをするものだ。もしかして、こちらの顔を知っているのかもしれない、と小川は思った。ホームページに、彼女の顔写真が使われているからだ。ネットで住所を調べて訪ねてきたのだろう。

「どうぞ、ご案内いたします」バスガイドのように、真《ま》っ直《す》ぐに片腕を伸ばした。

突然事務所を訪れるのは、たいていはなにかのセールスだが、目の前にいる女性は、そういった装った明るさがまったくない。だいたい、ビルに入るまえに人に尋《たず》ねるのも、プロのやることではない。アポはなかったが、客だろうと直感したのである。

ビルの入口へ導き、階段を上がった。大した距離ではないが、後ろを気にしつつ、お淑《しと》やかに歩いた。掃除道具を持っていることに途中で気づいたが、ポケットに仕舞《しま》うわけにもいかない。

事務所のドアは施錠《せじょう》していない。エアコンをつけておいて良かった。室内は、ほっとする暖かさだった。小川は、ソファに客を招いたあと、箒と塵取りをロッカに仕舞い、ジャケットを脱いだ。客も、マフラとコートを脱ぎ、それを横に置いてソファに座った。二十代、服装は地味め、ストレートヘア、メガネをかけている。ネットでここのことを知った、女性のスタッフがいるので話しやすいのでは、と考えて訪ねた、と女性は語った。名前は、上村恵子《かみむらけいこ》。念のために生年月日を尋ねたところ、年齢は二十七歳だとわかった。小川も、名刺を差し出してから、対面に腰掛けた。

「どちらからいらっしゃったのですか？」ときいてみた。

「いえ、すぐ近くです。近くで探したので……」

住所については曖昧《あいまい》な返答だった。無理に尋ねない方が良いかもしれない。

「冷えましたね」小川は言った。まだ十一月だというのに、真冬の寒さではないか、と思えた。「あ、もしかして、お電話をなさいましたか？」

「はい。つい五分くらいまえに」上村は答えた。

「ごめんなさい。ご覧になったとおり、外で掃除をしていたのです」

「お一人で、ここにお勤めなのですか？」

「いいえ、スタッフは、あと三人おります」小川は答える。ホームページにそう書いてあるはずだ。社員の小川のほか、社長の椙田、あとは、バイトの真鍋《まなべ》と永田《ながた》で、水増し感は否めない。

そこで、上村はまた下を向いた。どうも、真っ直ぐにこちらを見ない。こういう客が比較的多いことを、小川は既に学習している。探偵事務所を訪れる客というのは、似たような傾向があるのだろうか。もしかしたら、こんな性格の人間が、探偵事務所の客になりやすい、つまり、問題解決を人に頼らなければならなくなるタイプだ、ということかもしれない。

小川は待った。このような場面で、ご用件は何でしょうか、ときかない方が良いのだ。急《せ》かさず、自分から話すのを待った方が良い。人間は、自分が話したいことを探して言葉にする。自分の意思で、そのハードルを越えること、その決断が、その後の自信になるし、言ったことの責任も感じる。だから、人に話すだけで自分の問題が解決することだってある。いずれにしても、この女性は、自分の時間を削って、ここまで来たのだ。問題を解決しようという決断を既にしていることを、まずは尊重しなければならない。

「私は、その、もしかして、ある人に騙《だま》されてしまったかもしれないんです」上村は、そう言うと、無理に笑おうとした。苦笑というのだろうか。可笑《おか》しいですよね、といった表情だった。

「騙された、というと、どのような被害が?」

「お金と……、あと、その、私の人生というのか……。彼のために仕事も辞めましたし、引越もしました」上村の顔が急に変わる。眉《まゆ》が悲しい形になった。

「金額をおききしても良いですか?」

「三百万円くらいです」

「それについて、警察には届けましたか?」

「いいえ、まだ……」

上村の話は、断続的ではあったものの、わかりにくい部分もなく、彼女が相応の知性を持っていることが窺《うかが》えた。小川は、メモが取りたかったが、話の腰を折ってもいけない、と思って我慢をした。ボイスレコーダのスイッチを入れたかったけれど、生憎《あいにく》、少し離れたデスクに置いてあった。覚えられないほど複雑な物語でもない。

話の初めの段階で、結婚詐欺《さぎ》だということがまずわかった。上村は、その相手の名を、鳥坂大介《とりさかだいすけ》だと語った。本名かどうかはわからない。たぶん、偽名だろう、とも。

上村は、この男と婚約をした。彼女は静岡《しずおか》県で小学校の教員をしていたが、出張で東京《とうきょう》へ出たときに鳥坂と知り合った。それが半年ほどまえのことだった。以来、彼が静岡に来ることもあれば、彼女が東京へ出ることもあった。半々だったと話す。

「今思えば、あまりにもとんとん拍子というのか、すべてが上手くいっているような、本当に夢を見ているみたいな感じだったんです。運命の人に出会った、と信じていました」上村は、そう言ったあと、ハンカチを取り出して、目や鼻に当てた。

鳥坂大介は、東京近郊の都市で銀行に勤務している、と話していた。住んでいるのは、都内のマンションだが、勤めは郊外。この方が、通勤が楽だから、と話したそうだ。

結婚の話もすぐに出た。彼女は、両親に相談をし、了解を得たという。また、彼の両親は北海道《ほっかいどう》にいるため、会ったことはない。しかし、結婚には賛成してくれている、と聞いた。二人とも、実家を離れての一人暮らしだったし、特に鳥坂は三十代で完全に独立していて、親の了解を得る必要もない、とも話した。彼女も、そのとおりだと考えていた。今はそういう時代なのだ、と思ったという。

「それで、結婚式も大袈裟《おおげさ》にしたくない、と私は思っていたんです」上村は言った。「私、ウェディングドレスに憧《あこが》れているわけでもないし、お金がかかることをしたいとも思いませんでした。知合いを数人呼んで、ちょっとしたパーティをしたら良いのではないかと」上村は話す。「彼も、その方が良いね、と話していました」

これらを語るときの彼女は、本当の笑顔だった。不思議なことである。思い出して話すだけで、たとえ騙されていた偽《いつわ》りの時間であっても、彼女にとって、それはまちがいなく良い思い出なのだ、と小川は感じた。その気持ちが、とてもよくわかる。聞いているうちに、自分にもこんな思い出があったのではないか、と錯覚するほどだった。たとえば、小川がかつて信じていた相手は、もしかしたら、彼女を騙していたかもしれない。ただ、その嘘が明るみに出るまえに死んでしまった。だから、自分は、騙されずに済んだ。こういった場合、幸運なのだろうか、それとも不運だったのだろうか。そんな一瞬の想像をしてしまったほどだった。

上村の話によれば、鳥坂は、自分が勤務する銀行で口座を開いてほしい、と言ってきた。新婚のカップルに向けて、お祝い金の出るキャンペーンを実施しているという。そのパンフレットも見せてもらった。

キャンペーン期間中に結婚をしなければならない。そこで、話は急展開する。いっそのことすぐに婚姻届を出そう、引越も、パーティも、べつにあとでも良いことだ。上村は、それもそうだ、と同意をした。そこで、鳥坂が用意してきた婚姻届の書類に印鑑を捺《お》した。鳥坂が静岡に来てくれたときだった。書類は、彼が役所に出してくれる。

「もう、自分は結婚したんだ、とそのときは思いました。仕事場にも、その届けを出さないといけません。結婚することは周囲には話してありましたが、辞めるとは言っていなかったんです。でも、私自身は年度末には退職するつもりでしたから、なんか、直前に手当だけをもらうのも悪いと思って、まあいいや、と黙っていることにしたんです」上村は言った。「事務的な書類をいろいろ提出しないといけないんです。新しい住民票ももらってこないといけないみたいだし……。あと、数カ月くらいのことだから、と思って……」

それよりも、退職することを事前にきちんと話しておかないと、後任のこととか大変になるので、そのことで頭がいっぱいだった。彼女は、一年生の担任を務めていて、来年度も同じクラスを担当することになっていたのだ。早めに申し出ておいた方が混乱がない。子供たちには、申し訳ないが、これぱかりはしかたがないだろう、と割り切ることにした。

「結局、退職願を出して、引越をするという事情も話しました。そのときは、周りからも、おめでとうって言われて、なんだか、申し訳ない気持ちになりました。でも、結局、担任の交替は早まって、その一カ月後に退職することになったんです」

その直後に、もしかしたら騙されたかもしれない、と気づいた。もう、なにもかも嫌になってしまった。今さら、退職を取り消すわけにもいかない。職場以外では、婚約者の急な転勤があって、遠方へ引っ越すことになった、と説明をした。嘘ではあるけれど、それが一番、詳しく説明しなくても通る理由に思われたからだった。

「騙されたと気づいたのは、どうしてですか？」小川はきいた。話をするうちに、上村が落ち着いてきたことがわかったので、多少酷《こく》な質問でも大丈夫だろうと思われたから、事情の詳細を尋ねてみた。

「その新婚向けの口座に、三百万円を預けたんです。退職金ももらえるので、自分でも気持ちが大きくなっていたんだと思います。それまで貯めてきた地元の銀行の口座を解約して、すべてそちらへ移しました。東京へ引っ越せば、そちらの銀行は使えないからです」

「ということは、その新しい口座は、本当に存在していたのですね？」

「はい、そうなんです。そちらは、上村恵子ではなく、鳥坂恵子の名義です。振り込むときに、これは私本人の口座だと説明する必要があって、住民票も見せました。結婚をして、籍が入った住民票です」

「どういうことですか？　住民票もあったのですか？」

「そうなんです」上村は、大きく頷いたあと、今度は首を横にふる。「でも、それは、本物ではなかったみたいで……」

「もしかして、偽造だったのですか？」小川は指摘する。偽物の場合、その木目《きめ》が粗い、役所が発行する書類は、細かい模様が入っている。

という話を聞いたことがあった。

「はい。たぶん、パソコンで作った偽造だと思います」上村は言った。

「手が込んでますね。銀行の人は、気づかなかったわけですね？」

「そうなんです。私ももちろんそのときは、なにも疑っていません。納得してもらえたというか、コピィを取っただけのようでした。免許証もありましたけれど、まだ、住所変更していませんし、名前も旧姓のままです、と話しました」

「引き出した方の口座は確かだし、振込み先も本人名義ですからね」

「それに、私、その新しい口座の通帳も持っているんです。印鑑もです」

「え、通帳も？」

「もちろん、彼が、口座を作ってくれたあと、渡してくれたものです。最初に十万円が入っていました。それは、私が渡したお金じゃなくて、彼が入れてくれたものなんです」

「うわぁ、そうなんですか。えっと、じゃあ……」小川は、言葉を探した。「通帳と印鑑を貴女《あなた》が持っているなら、えっと、あ、もしかして、キャッシュカードで引き出した?」

「はい、そうだと思います」上村は頷いたあと、項垂《うなだ》れた。

その後の説明によると、彼女が自分で振り込んだ金額は、一旦は通帳に書き込まれた。これは、東京へ彼女が出ていったときに、記帳できる場所で確かめたことだった。しかし、地元に戻ると記帳はできないので、そのときのままだったという。

鳥坂は、その口座のキャッシュカードを持っていた。自分でその口座を作ったのだから、当然である。彼は、婚姻届を銀行に見せて、妻の代わりに口座を開設したい、と申し出たのだろう。印鑑は、鳥坂が用意したものだった。その印鑑は、のちに通帳と一緒に上村へ渡された。

ようするに、婚姻届の書類は、その口座を開設するために用いられた、ということである。

あるときから、鳥坂に連絡が取れなくなった。上村は心配して、何度も電話をしたが通じなかった。そこで、東京へ出て、彼のマンションを訪ねた。そこは、一度だけ来たことがある場所だった。しかし、その部屋は空き部屋になっていた。管理人に尋ねたところ、数日まえに引っ越した、と聞かされた。

それでも、上村は、なにか事情があるのだろう、と考えた。次に、思い切って、彼の職場に電話をかけた。しかし、まったく話が通じない。その名前の者は当行にはおりません、という返答だった。ここに至って、ようやく彼女はその銀行の預金通帳を調べようと思った。そして、ほぼ全額が引き出されていることを知ったのである。区役所にも行き、住民票を確認したが、自分の籍は存在しなかった。婚姻届は提出されていない。鳥坂の住民票を要求したが、それはできない、と役所に断られた。

「その名前の人物が、存在するかどうかもわかりません」上村は首をふった。「とにかく、なにもわからないんです。マンションの管理人さんだけが、彼に会ったことがある唯一の人なのですが、引越先は知らないそうです。引越をするのも見ていないと言っていました」

「だいたい、事情はわかりました。まずは、預金を騙し取られたことを警察に届けて下さい。もしかしたら、同じような手口の犯行が過去にあったかもしれません」

「わかりました、そうします」上村は頷いた。「あの、でも……、きっと警察は本気で捜してくれないと思います。だから、自分で探偵を雇《やと》おうと考えました。どうしても、彼を捜し出してほしいんです」

「わかりました。しかし、そのまえに……」小川はそこで、彼女をじっと見つめた。

「貴女自身は、大丈夫《だいじょうぶ》ですか？」

「え？」上村は、小首を傾げた。「大丈夫、というのは？」

「はい。お気を悪くなさらないでほしいのですが、つまり、お気持ちは、いかがですか？　がっかりして、落ち込まれたのでしょう？　今はもう、幾らかは落ち着かれましたか？」

「騙されたのかもしれない、ということがわかって、まだ、そう、一週間くらいなんです。とても、落ち着いてなんていられません」上村は少しだけ早口になった。「とにかく、本当なのか、なにかの勘違《かんちが》いなのか……。最初は信じられませんでした。でも、現実を見るかぎり、冷静になればなるほど、どうも確からしい、と思えてきて……、それが、三日めくらいだったと思います」

「腹が立ちましたか？」

「もちろん、それはあります。だけど、いえ、なんか、そこまでの感情はまだ起こらないというか、夢を見ているみたいで、ぼんやりとしているんです。きっと、そう感じないと、ショックが大きすぎるんだと思うんです」

「はい、そういうものです」小川は大きく頷いた。

小川自身、愛する人を失った経験がある。あのとき、悲しみなんて、しばらく感じなかった。茫然自失《ぼうぜんじしつ》というのか、眠っているみたいな状態だった。心のアドレナリンが働くのだろう。

「とにかく、もう一度会いたい、と思います」上村はしっかりとした口調で言った。

今までの中で一番、力の籠もった言葉だった。「会って、本人から聞きたい。私を騙したのなら、それも、受け入れるしかないと覚悟をしています。でも、今のままでは、何が起こったのかも確定できないんです」

「わかります」小川は頷いた。「では、その鳥坂さんを捜し出すことが、ご依頼事項だということですね？」

「はい、そうです。お願いします」

「もし、見つかった場合、どうされますか？」

「それは……」上村は、視線を逸《そ》らし、壁を見た。「わかりません。そのときになってみないと……。それでは、いけませんでしょうか？」

「わかりました。いいえ、それで、けっこうです。そうなった時点で改めて、ご相談します」

上村が持っていた鳥坂大介の写真をコピィした。十枚ほどあった。それから、彼の特徴などをできるかぎり聞き出した。このときは、デスクにあった手帳を取りにいき、メモを取りながら質問することができた。最も有望な糸口は、鳥坂がマンションの部屋を借りていたことだ。だが、もしプロの詐欺師であれば、その部屋が既に仕込みである。証拠を残すようなことは期待薄といえる。

上村恵子は、現在は都内のアパートに住んでいる。まだ仕事を見つけていない、と話した。地元では退職し、引っ越さなければならなくなったという事情によるものだが、それはむしろ、彼女にとっては楽な選択だったかもしれない。知合いと顔を合わせることが、精神的苦痛となるからだ。

調査費用について説明し、契約書にサインももらった。手付けの金額を示すと、上村は現金でそれを支払った。

事務所を出ていくとき、上村は戸口で立ち止まり、こんなことを言った。

「あの、私は、お金のことはどうでも良いと考えています。楽しい夢を見させてもらったのですから、三百万円くらいは彼にあげても良いと思っているくらいです。ただ、とにかく、はっきりとしたことが知りたい……。それだけです」

「わかりました。なんとか、お力になれるよう努力致します」小川は頭を下げた。

時計を見ると、まだ九時だ。出勤して、すぐに落葉掃除をしていた。こんな時刻に客が来るのは極めて珍しい。

紅茶を淹《い》れて、パソコンのモニタを見ながらそれを飲んだ。通路を足音が近づいてきて、ノックもなくドアが開く。

「おはようございます」真鍋瞬市《しゅんいち》である。

「おはよう。早いじゃない。お湯を沸《わ》かしたばかり」

真鍋は、すぐに薬缶《やかん》を手に取り、自分の紅茶を淹れるために、ポットに注《そそ》いだ。

「寒いですね」真鍋は言った。

「今まで、お客さんがいたんだよ」小川は言う。「仕事が来た」

「あ、じゃあ、そこですれ違った人かな。小柄で幼い感じの女の人、うーん、たぶん三十歳くらい」

「そうそう、その人」

「結婚詐欺でしょう？　相手を捜してくれって言ってきたとか？」

「なんでわかるの？」

「そんな雰囲気《ふんいき》でした」

「どんな雰囲気よ」

「僕も、ここでバイトして長いですからね」真鍋は笑った。

「あ、君、もしかして、その人と話をしたんじゃない？」

「違いますよ。勘ですよ。どんな雰囲気って……、なんか、小川さん系の、男に騙されそうな感じの人だったから」

「挑発には乗らないよ」小川は、紅茶をすする。「ああ、わかった。ドアの外で盗み聞きしてたの？」

「まさか……。聞こえませんよ、外まで」

「そうだよね……」

真鍋は、たしかに勘が働く。少なくとも自分よりは観察力があるだろう。それは認めなければならない。

小川は、上村恵子の事情について、真鍋に説明した。二分もかからなかった。一番の説明どころは、通帳を使った詐欺のトリックである。

「頭良いですね」それが真鍋の感想だった。「そうか、そんな手があったか」

「もしプロなら、きっと同じ手口で、ほかにも騙していると思う。だから、警察に被害届を出せば、あっさり特定できたりするかもね」

「顔写真もあるんでしょう？」真鍋が言う。

「そうそう」小川は、デスクの上にそれを並べる。真鍋が見にきた。「ほら、何枚もあるの。よりどりみどり」

「ああ、真面目《まじめ》そうな感じですね。草食系ですよね」

「草食系は、君でしょ。私には、なんか、もっと女たらしに見えるけれど」

「え、そうですか？　どのへんが？」

「どのへんって、顔かなぁ。まあ、話を聞いたあとだから、先入観でそう見えてしまうのかもしれないけれど」

「ふうん。女たらしって、みたらしみたいですね。よくわかりませんけれど、たとえば、椙田さんみたいな感じですか？」

「ああ、そうそう。その線だね、ずばり」

また誰かが来た。ここは、通路の足音が聞こえすぎる。

ドアを開けて入ってきたのは、椙田泰男《やすお》だった。この事務所の社長である。小川と真鍋は一瞬遅れて立ち上がった。

「おはよう」椙田はそう言うと、壁際のデスクへ向かいつつ、コートを脱いだ。

「おはようございます」小川はお辞儀をする。「なにか、あったのですか？」

「何が？」椅子《いす》に腰掛けると椙田は言った。「ああ、僕が出勤したから？」

「はい……」

「なにもない。久し振りに、君たちの顔を見たくなっただけだ」

嘘ばっかり、と小川は思ったが、もちろん口には出さない。

「仕事は、どう?」椙田が尋ねた。

「はい、さきほど、新しい依頼を受けたところです」

テーブルの上に出たままだった書類を、椙田のところまで運ぶ。椙田はそれを二秒間ほど見た。事柄として、結婚詐欺の加害者の身許《みもと》調査、と小川は書いた。あとは、依頼人の名前などの事務的なことしか記されていない。

「へえ、結婚詐欺かぁ……。君が引っかかりそうなやつだ」椙田は微笑んだ。

「そうですか、そう見えますか?」小川は冷静な口調で言い返す。

椙田はそれ以上なにも言わない。もう書類からは目を離し、デスクの上に積まれた封筒の束を手にしている。一秒間に二通くらいの速度で処理しているようだった。もっとも、大事だと思われるものはないはずである。大事そうなものは、小川が判断して連絡しているからだ。

「詐欺師の写真を椙田さんに見てもらったら」真鍋がソファで言った。彼はもう腰掛けて雑誌を広げている。

「写真?」椙田が顔を上げる。

小川は、手に持ったままだった写真の束を椙田に手渡した。鳥坂の写真である。椙田は上から三枚ほどを見た。それぞれ一秒間くらいだった。封筒よりは興味があったようである。

「相田さん、どう思いました？　イケメンですか？」真鍋が尋ねた。

「詐欺師っていうのは、だいたい大人《おとな》しくて、目立たない、地味な風体《ふうてい》だね」相田は言った。

「女たらしに見えますか？」真鍋がきいた。

「いや、見えない」相田は否定する。「真面目そうじゃないか」

「ですよねぇ」真鍋が小川を見て顎を上げる。

「それ以上言うと、絶交だからね」小川は囁《ささや》き、真鍋を睨み返した。

真鍋は、目を見開き、口を開け、両手を頰《ほお》に当てる。ムンクの叫びの真似《まね》のようだった。最近、よくこれをするのだ。

小川は、相田にききたいことがある。近所の老婆、ナオミさんのことだ。しかし、どう切り出せば良いのか迷った。それに、真鍋もいるし、話が複雑な場合に困る。どうしようか、と考えて、また次の機会で良いか、と先送りすることにした。

第1章　だんだんはじまる

無防備で善良で親切な人ほど、そんなふうに頼られ、悩みを持ちかけられると、何とか助けたい、力になりたいと入れ込んでいるうちに、いつのまにか恋愛感情に陥り、自分の家族や生活を捨ててまで、その人に尽くそうとすることも珍しくない。それは、冷ややかな見方をすれば、転移のワナに落ちてしまったと言うことができる。

1

「地味な仕事だよね」小川は歩きながら呟く。

彼女の横を歩いている真鍋は、頷きもしなかった。

空は今にも雨か雪が落ちてきそうな暗さだ。朝は晴れていたのに、急変といえる。しかし、こうなることは天気予報のとおりだった。北から寒気が流れ込み、大気が不安定になるらしい。この頃、大気はいつも情緒不安定なのである。真鍋が言った表現では、「切れやすい天気」だそうだ。

浮気の調査に比べれば、事件性が高いというか、歴《れっき》とした犯罪なのだから、その点ではやる気が出ないでもない。しかし、警察に届け出れば、比較的簡単に解決しそうな気もする。あまりにも手口がプロっぽいし、前例があるのではないか、と思えたからだ。

ただ、椙田によれば、結婚詐欺の常習犯は、もう少し年齢が高いらしい。被害者も中年以上の場合が多く、若者をターゲットにしない。その方が金を持っている、ということなのだろうか。その話をするときの椙田は、まるで詐欺師のようだった。彼がそういう仕事をしたら、きっと大成功するのではないか、と小川は確信している。これは、以前から何度か抱いた発想だった。なんとなく、そんな怪しい香りが漂っているのである。そこが魅力と言えば、言いすぎだろうか。

上村から聞いた住所に到着した。鳥坂大介が住んでいたマンションだ。何をもってマンションと呼ぶのかは定かではないが、鉄筋コンクリート造であることが多い。六階建てで、ホールには自由に出入りできる。エレベータが突き当たりにあった。管理人室は、一階の一号室だと聞いていたので、真鍋をホールに残し、小川一人で訪ねることにした。女性一人の方が怪しまれないからだ。

チャイムを鳴らして待つと、戸口に現れたのは、老年の女性だった。白髪でメガネをかけている。七十代かな、と小川は思った。

「突然お邪魔をして申し訳ありません。私は、こういう者です」と名刺を差し出す。相手がそれを見る時間を少し置き、再び顔を上げたタイミングで続ける。「依頼を受けて調査をしております。こちらのマンションの三〇三号室にお住まいだった鳥坂さんを捜しています。引越をされたことは知っています。その引越先をご存じないかと思いまして……」

「知りません」女性は首を横にふった。「皆さん、訪ねてこられるけれど、本当に知らないんですよ。あの人、いったい何をしたの？　悪いことですか？　そのうち、警察が来たりしませんか？」

「はい、実は、その可能性は高いと思います」小川は言った。正直なところである。

「部屋を借りるときに、住民票の提出などはなかったでしょうか。以前に住んでいたところはわかりませんか？　あるいは、お勤め先とか……」

「いいえ、全然。それがね、初めから半年間という事情だったし、前金でいただいたんです。半年で出ていくという念書もいただきました。それで、そういった書類はなにもなくて、貸してしまったんです」

「なにか、お聞きになっていることはありませんか？」

「そうね、そんなに話をしなかったし、えっと、仕事は金融関係で、転勤が多くて、こちらへも単身赴任で、短期間来ただけだ、みたいな話でしたよ」

「銀行ですか？」

「うーん、どうだったかなぁ。覚えてないわ」

「誰かが訪ねてくるようなことはありましたか？」

「そんな、見張っているわけじゃないし、わかりませんよ。私、この中にいるだけです。本人を見かけることも、滅多にありませんでしたよ。私ね、ほとんど外に出ないから」

「部屋のことで、要求とか相談などはありませんでしたか？」

「ないわね……、あ、そう、一度だけ、荷物を預かったことがありましたけど」

「荷物というと、あの、どんなものでしたか？」

「えっとね、宅配便で届いたのね。あらかじめ、自分はこの日は受け取れないから、もし来たら、お願いしますって言われたの。えっと、コンピュータみたいな感じの箱でした。これくらいの」そう言いながら、両腕を大きく広げて、サイズを示す。「もの凄《すご》く重そうでしたね」

「箱に、メーカの名前がありましたか？」

「うーん、いえ、それはわからない。覚えていないわ」

今時のコンピュータがそんなに大きくて重いはずがない。もし周辺機器だとしたら、プリンタだろうか、と小川は想像した。偽造の書類を作るためには、カラープリンタが必要だ。

あまりしつこくきいても逆効果だと思い、小川は引き下がることにした。電話をかけても良いかと尋ねてから、番号も聞いた。丁寧にお礼を言い、ドアを閉めた。

「皆さん、訪ねてこられるけれど、あの人、何をしたのってきかれちゃった」ホールで待っていた真鍋に、小川は伝えた。

「ええ、聞こえました。皆さんって、誰のことでしょうね？」

「え？　えっと、つまり上村さんと、私のことでしょう」小川は言う。

「小川さんが来るまでは、上村さん一人ですよね。その場合、小川さんに向かって、皆さんって言いますか？」

「また、訪ねてきた、と思ったんじゃない？」

「上村さんが来たのは、一週間以上まえですよね」

「わかった、ちょっと、確かめてくる」小川は、さきほどのドアまで戻って、チャイムを鳴らした。

「はい……」とドアがすぐに開いた。

「あの、大変申し訳ありません。確かめたいことがあったので……」

「何ですか？」女性は、幸い嫌な顔をしていない。少し笑顔になっていた。

「鳥坂さんのことを、こちらへききにきたのは、私で何人めでしょうか？　あの、さきほど、皆さんとおっしゃいましたよね」

「えっとね、何人かな……」

「若い女性が一人で来ましたよね」

「ええ、最初は、その人で……、その次は、一昨日《おととい》でしたか、三人でいらっしゃったので、えっと、貴女が五人めですか」

「その三人というのは、どちらの方でしたか？」

「うーん、女の人が三人。皆さん、若い人でしたよ」

「名前はわかりませんか？　名刺を受け取られませんでしたか？」

「えっと、名刺はもらっていないけれど、連絡先なら、聞きました。ちょっと、待ってね」

「はい、ありがとうございます」

なにがしかの手応えを感じる一瞬である。真鍋に感謝しなければならない、と小川は思った。

管理人の女性は、奥からメモ用紙を持ってきた。電話番号と、安藤《あんどう》という名前が書かれていた。

マンションから出て、道路を歩いた。まだ、雨も雪も降りだしていない。

「一人で来なくて良かった」小川は呟いた。「真鍋君、お昼は奢《おご》ってあげる」

「ラッキィ」真鍋は指を鳴らした。

「まずは、この安藤という人に電話をかけてみよう。えっと、どうすれば良いかな。探偵社だとは、明かさない方が良いわね」

「相手によりますね」

「若い人らしいけれど」

「鳥坂さんの個人的な知合いなのか、それとも、僕たちみたいに、調べている第三者なのか、を見極めて対処したらどうでしょう」

「難しいことを言うな」小川は唸った。「そんなの、わからないじゃない」

「むこうだって、わからないと思いますよ。小川さんがかけてきたら」

「え？　あぁ、そうか」そうだ、自分くらいの年齢なら、鳥坂に騙された女だと思われる可能性が高い。「私も、どっちつかずで話せば良いのか……」

「そうです」真鍋は頷いた。「うーんと、ハンバーガか、スパゲッティかなぁ、あるいは、天井でも良いですね」

小さな公園があって、コンクリートのベンチがあった。誰もいない。小川はそちらへ歩きながら、電話をかけた。

「もしもし」という女性の声が聞こえた。

「もしもし、あの、小川といいます」

「小川さん？　どちらの小川さんでしたっけ？」

「いえ、初めておかけするんです。電話番号は、鳥坂大介さんが住んでいたマンションの管理人さんから伺いました」

「え……」そう言って、三秒間ほど沈黙があった。「そうですか、わかりました。貴女も、鳥坂さんを捜しているのね？　そうでしょう？」

「はい、そうです」

「鳥坂さん、私たちも捜しているの。でも、まだ見つかっていません。よろしければ、お会いして、情報交換しませんか？」

「あ、ええ……」小川は頷いた。頷いても、見ているのは真鍋だけだ。「是非、お願いしたいと思います」

「今日は、どうですか？　時間あります？　たとえば、午後二時頃とか。あ、東京にいらっしゃるのよね？」

「ええ、東京です。今日の二時なら、大丈夫です。どちらへ行けばよろしいですか？」

こんなに調子良く話が運ぶとは思ってもいなかった。二時に、東京駅で待ち合わせることになった。

「どんな感じでした？」電話が終わると、真鍋がきいた。

「そうね……、けっこう明るい人みたい」

少なくとも上村恵子のように落ち込んだ雰囲気は認められなかった。でも、それは当然かもしれない。知らない人間から電話がかかってきたのだから。

2

喫茶店に入り、少し早いがランチにした。真鍋は、スパゲッティのセットを注文した。もうそれを食べている。彼が一番可愛《かわい》く見えるのは、こういうときだ。小川はサンドイッチで、それを食べつつ、片手では手帳を捲《めく》っていた。

出かけるまえに事務所のパソコンで鳥坂という名前を、各方面で探してみたが、これという情報には行き着かない。珍しい名前だから、あるいはと思ったのだが、駄目《だめ》だった。ついでに、頼りになる同業者の鷹知《たかち》祐一朗《ゆういちろう》にも、なにか情報があったら教えて下さいとつけ加えて、その名前をメールで送っておいた。

「あとは、銀行かな」小川は呟いた。

上村が振り込んだ口座のことだ。名義は鳥坂恵子になっていて、通帳は、今も上村が持っている。銀行名と支店名もわかっている。そこで口座を開設したのは、鳥坂本人だろう。口座の名義に使われた人物から依頼を受けて調査をしていると言えば、なにか教えてもらえるかもしれない。

「被害届を出せば、警察が調べますよね」真鍋が言った。「そのあとの方が、話が通るかもしれませんよ」

「そうだね」小川は頷く。この頃の真鍋は、この仕事に慣れてきた感じだ。言うことがいちいちもっともらしい。若者は成長しているな、と思うことしきりである。

「これから会う人は、やっぱり上村さんみたいに、騙されたんでしょうか？」真鍋が言った。安藤のことである。

「どうかな、そんな感じではなかったわね。単なる知合いとか。あ、たとえば、お金を貸したのに、行方不明になったとか」

「そんな想像してもしかたありませんけれどね」真鍋は微笑んだ。もう食べ終わっている。

「君がきいたんじゃない」小川は言い返した。

「いえ、僕が同席しても大丈夫そうでした？」

「そんなことわからない。私は一人で会うつもりだったけれど」

「そうですね、騙された本人だったら、一人で会いにいくのが自然でしょうね」

「うん」小川は頷く。そうだ、自分は結婚詐欺に遭《あ》った悲運な女なのだ、と再認識した。そのつもりで行かないといけない。

「心に傷を負った女を演じるんですよ」真鍋が言った。

なんという意味深なことを言うのか、と思ったが、反応しないことにした。

喫茶店を出たのが一時近かった。おしゃべりをしているうちに時間が経《た》ってしまった。真鍋との話は、依頼とは全然関係のないテーマで、久し振りに現れた椙田のことだった。髭《ひげ》が伸びていたとか、髪が少し薄くなったのではないかとか、あとは、着ているものが相変わらず高そうだったとか、そんな話題である。椙田の金回りを、二人は気にしているのだ。事務所は赤字ではないが、儲《もう》けはあまり出ていない。小川は、この商売が存続できるだろうか、と日頃から危ぶんでいる。

真鍋とは一旦別れて、小川一人で東京駅へ向かった。彼は、本屋へ行くと話していた。この頃は、ガールフレンドの永田絵里子《えりこ》のことをあまり話さない。こちらもきかないようにしているのだが、あれだけ長時間話をして話題に上らないのは珍しいかもしれない。永田も、真鍋と同じく事務所のバイトをしていたのだが、最近ではほとんど顔を出さない。彼女は、就職をした関係で忙しいようだ。

真鍋と永田は、もともと同じ芸大だった。三年生のときは同じ学年だったのだが、真鍋は、その後留年したり、休学したりしている。永田は卒業して、都内のデザイン事務所に就職した。真鍋は大丈夫なのか、と問いたくなる。心配なのだが、小川は、あえて尋ねないように努力しているのだった。

東京駅に約束の時間の十分まえに到着した。場所は決めていなかったので、電話をかけると、すぐにつながって、安藤も既に近くにいることがわかった。小川が知っている喫茶店の位置を説明し、そこで会うことになった。

店の前に立っていたのは、垢抜《あかぬ》けたファッションの女性で、完全に想像を裏切られた。店に入り、奥にテーブルを見つける。腰掛けてから、お互いに改めて名乗った。小川は名刺を出さない。相手も出さなかった。安藤順子《じゅんこ》という。二十代の後半だろうか。短いスカートを穿《は》き、ほぼ同じ丈の白いダウンジャケット。それに、小川が知っているブランドもののブーツを履《は》いていた。

「突然電話をして、申し訳ありませんでした」改めて頭を下げる。「マンションの管理人さんから伺って、すぐにかけてみたんです」

「じゃあ、今日行かれたのね。私は、三日まえにあそこに行きました」安藤は、綺麗《きれい》な発音で、声も若々しい。「鳥坂大介氏を捜しています。小川さんも、なにか被害に遭われたのですか？」

「あ、はい……。もしかして、安藤さんもですか？」

「いいえ、私は違います」安藤は首をふった。「私の知合いが、彼に騙されて、お金を貸したみたいなんです。結婚するという約束をして、いえ、婚姻届の書類にもサインをして、捺印《なついん》までしたんです。ですから、もう結婚したと思っていたわけです。それで、お金を自分の銀行口座に移したら、えっと、それが彼が作らせた口座だったんですけど、それっきり……。私、彼女からその話を聞いて、これは黙っていられないと思って、調べ始めました」

「その、被害に遭われた方は、何とおっしゃるのですか？」

「繁本《しげもと》さんです」

「では、その方と一緒に、マンションを訪ねられたのですね？」

「大家さんが全部しゃべっちゃったんだ」安藤はそう言うと、笑顔になった。「言わないでねってお願いしておいたのに」

「そうなんですか」小川は、自分はそんなお願いをしなかったな、と思った。

「実は、私は物書きなんです。ライタです」安藤は説明した。「私、ラジオの番組を持っているんですけれど、騙されてお金を取られたみたいな話題を、よく扱うんです。相談も受け付けていて、弁護士の先生と一緒に応対するんです。そこへ、津村《つむら》さんという方からメールをいただいて、彼女が結婚詐欺に遭った、という話だったんですね。それで、取材してみたら、その状況が、私の知合いの、つまり、繁本さんの被害とまったく同じだったんですよ」

「どんな手口ですか？　さっき、口座を作らせたっておっしゃいましたけれど、もしかして、銀行で新婚応援キャンペーンがあって、ではありませんか？」

「貴女もそうなの？」安藤が腰を浮かせる。「やっぱり、同じだ」

「はい」小川は、思わず頷いてしまった。もう自分が被害者になるしかない。

「じゃあ、貴女で三人め」安藤が言った。「えっと、いつのこと？」

「えっと、まだつい最近ですけれど。彼と知り合ったのは半年まえです」

「同時に三人も騙していたんだ」安藤は腕組みをした。「これは、もう一流のプロとしか思えない。小川さん、詳しく事情を聞かせてもらえないかしら。あの、もちろん、公開するときには確認してもらいますし、匿名《とくめい》で発表しますから、貴女のデメリットになるようなことは一切ありません。名前だけではなく、職業や住んでいる場所も架空のものにしますから」

「えっと、公開というのは、ラジオ番組でですか？」

「違う。本を書くの。そちらが本業なんです。雑誌とかで、ええ、あちこちで書いているけれど」

「有名なんですね」

「有名というほどじゃない。本は、まだこれからです。安藤で検索しても駄目ですよ。ラジオのパーソナリティのときと、本を出すときのペンネームは違いますし」

「あの、私は、その、あまり世間に知られたくないというか……」小川は困った顔をつくって言ってみた。「恥ずかしくて、広まってほしくないんです」

「わかるわかる。当然そうよね」安藤は大きく頷いた。「ショックも覚めやらぬ時期ですものね。ええ、それはいつでもけっこうです。話せることだけ、話したくなったら、教えて下さい。ただ、とりあえず、加害者を警察に捕まえてもらわないと、話にならないでしょう？　そのためには、みんなで情報交換して、少しでも手掛かりになりそうなことを見つけないと」

「そうですね。それはそう思います。どこへ逃げたんでしょうか？」

「警察には届けたの？」

「はい、これからです。そのつもりでいます」

「まだ、ほかにもいると思う。三人だけではないはず。もっと被害者がいるはず」

「そうなんですか？　どうしてそう思われるんですか？」

「いえ、なんとなくね。それよりも、早くこの状況を世間に公開しないと、同じ手口でまた被害に遭う人が出るかもしれないでしょう？」

「そうですね。場所を変えて、同じことを繰り返しているのでしょうか？」

「うーん、どうかな。お金が入ったから、しばらく大人しくしているかもしれない。ちなみに、小川さんは、いくら取られたの？」

「あ、いえ、それはちょっと……」

「言えない？　うん、そうだよね、言いにくいよね。私の知り合いは、五百万円。それから、モデルの津村さんは八百万円です」

「そんな大金を？」小川は驚いた。

「じゃあ、それよりは少額なのね」

「あ、ええ、まあ……」

「貴女が四百万円としても、三人で一千七百万円だよ。一年は遊んで暮らせる額じゃないの」

「そうですね……」

「悔しい？」

「え、ええ……」頷かざるを得ない。他人事《ひとごと》ではあるが、そんな大金を騙し取るなんて許せない、とは少し思った。悔しいというよりも、羨《うらや》ましい、という方が近いし、正直なところだ。

いずれにしても、新しい情報は得られなかった。なにしろ、安藤たちも、まだ調査を始めたばかりのようだ。マンションの管理人を訪ねたのも三日違いである。ただ、鳥坂が詐欺師であることは断定して良いだろう。つまり、上村恵子の妄想や狂言ではないことは、明らかとなったといえる。それだけでも、調査を依頼された側からいえば、確かな手応えと感じられた。

今後はメールで連絡をし合うことを約束して、安藤とは別れた。

3

事務所に戻ると、鍵がかかっていて、誰もいなかった。真鍋は今日はここへ来ないのかもしれない。社長の椙田は、いつもどおり長居はしなかったということだ。

音楽をかけてから、しばらくパソコンでいろいろ検索してみた。

安藤の話によれば、ほかの二人の女性たちは、上村恵子とはまた別の銀行で口座を作っていた。同じ銀行では、さすがにリスクがあったためだろう。同じ時期に、新婚で口座を開設した女性が同じ姓では怪しまれる。そう、三人とも、鳥坂という名前を聞かされているのだ。彼の本名である可能性もある。

安藤の友人だという繁本さくらは会社員、そして、ラジオにメールを送ってきた津村路代《みちよ》は雑誌のモデルだそうだ。写真は見せてもらっていない。ただ、安藤はその二人からもらったという鳥坂の写真を見せてくれた。それは、まちがいなく、上村から入手した写真と同一人物だった。小川は、信頼してもらうために、自分が持っていた写真を安藤に見せた。

しかし、嘘をついていることが後ろめたかったことも事実で、早い段階で、自分は依頼されているのだと話した方が良いかもしれない。その場合、上村のことを話さないわけにはいかないだろう。もちろん、それには上村の許可が必要だ。依頼人の情報を他に漏《も》らすことは、絶対にできない。それが探偵の倫理というもの。

足を運んだのは僅《わず》か二箇所だったにもかかわらず、一日めの成果としてはまずまずといったところだろう。しかし、このさき、どういった方向へ調査を続ければ良いのか、と考えると、先行きはけして明るくない。とりあえず、銀行へは行ってみるつもりだったが、はたして覚えているか、あるいは話してもらえるのか、と悲観的になってしまう。

通路を歩く音が近づいてきて、ドアが開いた。真鍋だろうと思ったが、音が違う。入ってきたのは永田絵里子だった。

「お久しぶりでーす」永田はにっこりと微笑んだ。キャップを被っていて、大きなメガネをかけている。フライトジャケットみたいなジャンパにジーンズ。相変わらず、似合っている。

「どうしたの?」小川はまずきいてしまった。「忙しいんじゃない?」

「そうでもないですけど、うーんと、真鍋君は?」

「お昼まで一緒だった。外で別れて……、そのまま帰っちゃったのかな」

「外って、なにか、仕事があるんですか?」

「あるのよ、それが……」

調査依頼を受けた内容の概略を永田に話した。彼女は、ここでバイトをしていたので、守秘義務は理解している。最近でも、ほんのときどき、バイトを頼むことがあった。

「へえ、結婚詐欺ですかぁ」永田は目を丸くする。「あるんですね。私のお友達も、最近引っ掛かって、泣いていましたけれど」

「そう……。いくつの子?本当に詐欺?単に振られただけなんじゃない?」

「私もそう言ったんです。もう、顔真っ赤にして怒るわ泣くわで、大変でしたよ、ごめんごめんって宥《なだ》めすかして」

「本当に詐欺だったの?」

「みたいですね。詳しくは知りませんけれど。でもですね、その相手の男に、私、会ったことがあって。へえ、あの人がって、超驚きですよ。彼女と一緒に、ホストクラブもどきって店に行って、見ちゃいました。そこで働いているんです」

「あ、じゃあ、それなりの人だったのね」

「それなりっていうのは？」

「いえ……、うーん、格好《かっこ》良い？　イケメンだった？」

「さて、どうかなぁ」

「真鍋君と比べたら？」

「それは、絶対あっちの方がイケメン」

「え？　あっちって、そのホストの人の方？」

「当たり前じゃないですか。真鍋君がホストクラブにいたら、笑っちゃいますよ。そうでしょう？」

「いえ、私、詳しく知らないから……」

「ホストクラブじゃないですよ。ホストクラブもどきっていう名前の喫茶店なんです。赤坂《あかさか》にあるんですけれど。小川さん、今から行きますか？」

「今から？　行かないよぅ」小川は笑った。「どうして行かなくちゃいけないの？」

「なんか、私たち、もう終わりみたいなんです。小川さんにご飯を奢ってもらって、慰めてもらおうと思ってきたんですけど、駄目ですか？」

「ちょっと待ってね……」小川は片手を広げた。「終わりみたい？　私たちって、真鍋君と？」

「そうですよぅ。もう、がっかりなんですよ。全然会ってもらえないし」

「うわぁ、そうなの？」少し声が大きくなってしまった。「なにかの勘違いじゃなく？」

永田は口を尖《とが》らせた。なにか考えているようだが、言葉が出てこない、といったところか。それから、短い溜息《ためいき》をつくのだった。

「永田さんは、仕事の関係で特別に忙しいって、そう言ってたよ。真鍋君はね、卒業を諦《あきら》めたみたいね」

「え？　そうなんですか。知りません。なにも聞いていません」

「まあ、そういうときもあるのよ。行き違いっていうのかさ。会えば、ぱっと雲が晴れるから」

「そうですよね。だから、会おうと思っているんです、私としては」

「あら、そんなに避けられているわけ？　電話は？」

「なかなか返事が来ないし」

「だから、メッセージとかじゃなくて、電話をかけてみたら？」

「出ないんです。あの人にとって、私は面倒な女なんです」

「まあまあ、そんなにさ、その、深刻に考えないで。わかったわかった。私がなんとかしてあげるから」

「飲みにいきましょうよ、小川さん」

「やけっぱちになってない？　しかたがないなあ、それじゃあ、なにか食べにいきましょう」

「やったぁ！」

ランチのときも、これと同じだったな、と小川はふと思った。もしかして、私は奢れ奢れ詐欺に遭っているのではないか、とも。

4

事務所を閉めて、歩いて駅まで向かった。既に日は落ちている。今日の調査について、簡単に永田に話した。

「へぇ、凄い、その詐欺師、超プロですね」永田は言う。「あ、でも、詐欺師っていうのは、全員プロなのかな、もしかして。アマチュア詐欺師っていないですもんね」

「その人の顔、見たい？」

「見たい」

小川は、バッグから取り出して、鳥坂大介の写真を永田に見せた。暗い場所でだったので、明るい方角を探して、永田は見た。

「むむ」眉を顰《ひそ》める永田である。

「どう？　女たらしに見える？　それとも草食系？」

「女たらしっていうのは、何ですか？　みたらしならわかりますけど」

ほかの写真も見せた。十枚くらいある。交差点が近づき、多少明るくなってきた。

「むむむ」また永田が唸る。

「何なの、そのリアクション」

「この人、会ったことがあるかもです」

「嘘」思わず高い声を上げてしまった。「どこで？」

「えっと、そのホストクラブもどきで」

「本当？　え……。あ！」

「小川さん、声が大きいですよ」

ちょうど、横断歩道の手前まで来ていたので、近くに通行人が何人か集まっていたのだ。信号が変わり、みんなが歩き始めた。

「あのさ、もしかして、永田さんのお友達って、えっと、津村さん？」

「わ！」今度は、永田が叫んだ。道路の真ん中だったが、大勢が振り返った。「どうして知っているんですか？」

「あるのね、こういうことって」

「まさか、あ！　ああ、ああ、そういうことですか」

「ちょっと待ってね……。うーんと、つまり、津村さんっていう名の、モデルさんね」

「そうなんです。同じ事務所に登録していて、たまに会って、おしゃべりする友達で、だいぶまえかな、結婚するっていうから、パーティもして、それで、彼女はモデルも辞めて、一度故郷へ帰ったんですよ。それが、えっと、先週だったか、また出てきたって、連絡があって、会ってみたら、泣くわ泣くわで」

「さっきは、怒るわって言ったよ」

「怒っていましたよぅ。かんかんですよ。彼女、けっこう売れっ子だったんですぅ。

もう超可愛いから。それが、バイトで稼いだお金ぜぇんぶ持ってかれて……」

「すっからぴん？」

「何ですか、すっからぴんって」

「その、永田さんが、鳥坂さんに会ったのは、いつのこと？」

「うーん、夏だったかな。もう少しあとだったかなぁ。うーん、あれよりあとだから、ああ、九月の終わりくらいかなぁ」

「ようし、じゃあ、今からホストクラブへ行きましょう！」

気がつくと、また周りを歩いている何人かがこちらを見た。声が大きかったようだ。永田も口をEの発音の形にして、眉を顰めている。

「そこ、喫茶店ですよ。ビールくらいは飲めるかもしれませんけれど。食べるものがあったかどうか」永田は言う。「いえ、べつに、私はかまいませんけれど、真鍋君じゃありませんから」

真鍋は食いしん坊だが私は違う、という意味らしい。ガールフレンドにもとうに本性を見抜かれている真鍋なのだ。もう少し自重して、格好をつければ良いのに、と感じたが、べつに自分は彼の保護者ではない、と小川は思い直す。

ＪＲと地下鉄で移動し、赤坂で再び地上に出た。

「ホストクラブかぁ。どきどきしてきたわね」と小川が冗談めかして言うと、

「だから、もどきなんですって」と永田が指摘した。「ほかにも、秋葉原《あきはばら》に、執事クラブっていうのがあります。そっちはもどきはつきません。誤解がないからだと思いますけれど」

「ひつじクラブって、着ぐるみを被っているとか？」

「着ぐるみ？　うーん、ちょっとイメージできませんけれど、えっと、メイドクラブの男性バージョンですよ」

「ああ、執事ね！　なるほどぉ……。永田さん、江戸っ子だから」

「意味がわかりませんけれど」

「真鍋君も呼んであげたら良かったわね」小川は言った。「呼ぶ？」

「いいえ、いいです。私にも、プレミアがありますから」

「プライド？」

「あの人、なんか、心の中に寒風が吹きすさんでいるんですよ」

「あ、そう。それはまた凄いね」小川は吹き出してしまった。「わからないでもないけれど。そう、ちょっと、あるよね、彼そういうとこ。冷たい感じのところが」

きっと、親しくなって、しかも長い時間が経っているのだから、自ずと真鍋の地が

出てきたのだろう。乗り越えなければならない小さな峠《とうげ》かもしれない、と小川は想像した。

「ここです」永田が立ち止まった。

目の前にあったのは、ブティックのようだった。ガラス越しに明るい店内が見えるが、飾られているのは洋服である。しかし、永田の手のすぐ先をもう一度見直すと、小さな看板があった。〈ホストクラブもどき〉の文字が、ぼんやりとした黄色いライトで照らされていた。その脇から地下へ下りていくレンガの階段がある。どうやらその店は、地下らしい。階段の先は踊り場になっていて、今はその先は見えない。洒落《しゃれ》た雰囲気の店だった。入口に若い男性が立っていて、テーブルまで案内してくれる。ごく普通だ。店内は、半分くらいのテーブルに客が既にいた。思っていたよりも奥行きがあって、テーブルは十以上あるようだ。店員は、カウンタの近くに何人か並んで立っている。似たような黒いベストを着ているが、まったく同じというわけでもなさそうだった。

一人がメニューを持って近づいてきて、簡単な説明を聞かされた。別の一人が水の入ったグラスを運んできて、テーブルに置く。二人が並んで立っている。じっと、こちらを見つめているので、小川はメニューを見ることにした。既に、永田はメニューを両手で持って、「えっと、何を食べようかなぁ」などと呟いている。

金額は、二倍まではいかないものの、たしかに高い。店員の多さをカバーするための設定だろう。食事は、あとで別のところでしよう、と小川は思い、

「私は、ブレンドコーヒー」と告げて、メニューを閉じた。

「私は、リゾットとチーズケーキと、あと、メロンジュース」永田が言った。

「かしこまりました」二人が丁寧に頭を下げる。

彼らが立ち去るのを、小川は目で追った。

「どうですか？」永田がきいてくる。

「リゾットとチーズケーキって、チーズがかぶっていない？」小川は言った。

「そこじゃなくて、このお店のことですよ」

「べつに……」小川は、内装を確認した。「そうね、普通だね」

「店員さんは？」

小川はカウンタの方へ視線を向ける。みんながこちらを見ているので、誰とも例外なく目が合ってしまう。

「どうして、あそこに並んでいるの？　指名したら、ここへ来てくれるわけ？」

「そうです。相席して、話の相手をしてくれます」永田が言った。

「へぇ、そうなんだ……」と言いながら、ほかのテーブルを見ると、少なくとも三テーブルでそれらしい光景を確認することができた。楽しそうな笑顔が見えるだけで、実に健康的だが。

「それは、いくら？」

「メニューにありましたよ。三十分で二千五百円です」

「それは、なかなか……」高すぎるだろう、と小川は思った。

「高いですか？」

「良い線じゃないかしら」

「そうですか」永田は頷いた。「私は、馬鹿馬鹿《ばかばか》しいと思いましたけれど」

「じゃあ、どの人にする？」小川はきいた。

「え？　呼ぶんですか？」

「だって、話が聞きたいじゃない。大丈夫、お金は事務所の経費で落とすから」

「いえ、お金の問題じゃなくて……」

「お金の問題だよ、そんなの」小川は言う。「郷に入れば郷に従えって言うでしょう？」

「意味がわかりませんけれど」

二人の飲みものを持ってきた店員に、鳥坂大介はいないのか、と永田が尋ねた。これは、事前に私が尋ねてみます、と永田が言っていたことだった。だが、店員には、その名前が通じなかった。そこで、小川は写真を見せた。

「ああ、桐谷《きりたに》さんですね。ええ、実は、ちょっとまえに辞めてしまったんですよ」店員は答えた。「大変申し訳ありません」

「そうですか、残念だわ」小川は、ペネロープ嬢のようにわざとらしく言ってやった。「どなたか、彼と親しい人はいませんか？　その方とお話がしたい」

「えっと、そうですね、では……」彼は、カウンタをしばらく見ていたが、小川の方を再び向くと言った。「俺かな」

そういうわけで、その男が小川の横に座った。どうして永田の隣ではなく、私の隣なんだ、と強く感じたけれど、黙っていることにした。永田は、通路側に座っていたのに対して、小川は通路側の席を空けて座っていたのだから、しかたがない。隙《すき》があったということだ。それとも、金を持っていそうだ、と思われたのだろうか。

彼は、前山登《まえやまのぼる》という名刺を差し出した。

「これは、源氏名なの？」小川はその名刺を見て呟いた。

「何ですか、ゲンジナって？」身を乗り出していた永田が顔を上げる。

「本名ですよ。えっと、桐谷さんは、夢人《ゆめひと》っていう名前でしたね。桐谷夢人」前山は言った。

「本名は？」小川は尋ねる。

「本名は知りません。さっき、何て言いました？」

「鳥坂……、鳥坂大介さん」

「いいえ、聞いたことないですね」

大学生くらいの感じである。ひょろっと背が高いが、いわゆる優男《やさおとこ》だ。色が白く、髪が長い。この男よりは、鳥坂大介の方がもてるだろう、と小川は勝手に思った。

前山の話によると、鳥坂とは、たまに一緒に食事をしたことがある。その程度の仲だという。仕事の関係では、つまりこの店の者とは、滅多に親しくなることはない。どこの誰ともわからないから、お互いに警戒しているのだ、と話した。プライベートを明かすことなどない、という。鳥坂がどこに住んでいるのかも知らないし、ほかにどんな仕事をしているのかも聞いたことはないそうだ。

「お客さんは、よく来ました？　その、鳥坂さん目当ての」小川は尋ねた。

「あの、どうして、そんなにきくんですか？　なにか、彼、やっちゃったんですか？」

「まあ、そういうこと」小川は頷いた。ここはちょっと脅《おど》かしてみようか、と考えた。「そのうち、警察がここへ来ると思う。私は、依頼されて調査をしている探偵社の者です」

「え、そうなんですか?」腰を上げるほど驚いたようだ。「いや、ちょっと待って下さい。俺、あの人とは、全然親しくないですからね」

「でも、ここでは一番親しいって言ったじゃない」

「だから、仕事が終わったあと、一回だけ、一緒にラーメン食っただけですよ」

「一回だけ?」

「ラーメンはね」

「ほかには?」

「うーん、焼き肉を一回食べにいきました」

「奢ってもらったの?」

「え、ええ……、そうだったかな」

「覚えているでしょう?」

「そうです。奢ってもらいました。先輩ですからね」

「へえ、先輩って、何の先輩?」

「あ、いえ……、その、あんまり、話したくないです。勘弁《かんべん》してもらえませんか。この店で、バイトの先輩だったっていう意味ですよ」

「それくらいの理由を話したくないわけ？　勘弁してくれって、どういう意味なの？」

「いえ、その……、話したりしたら、恨《うら》まれますから」

「誰から？　その先輩から？　どうして、そんなふうに考えるのかな。辞めたんだから、もう会わないいんじゃない？」

「もしか、会うかもしれないし」

「でも、貴方《あなた》が話したなんて、わからないじゃない。警察が来たときに話すと、刑事さんは、彼を追及するときに、後輩がこんな証言をしたって言うかもしれない。でも、私に話せば、貴方は警察に黙っていても、私が彼を見つけるから大丈夫。貴方が知合いだってこともばれない」

「本当ですか？」

「私は、どこから情報を得たか、絶対にしゃべらない。そういうのがこの業界の掟《おきて》なの。わかるでしょう？　掟」

「はい、ええ、わかります。えっと、じゃあ、内緒ですよ」前山は、小川の耳許《みみもと》に顔を近づけて、小声で囁いた。「桐谷さん、大学の先輩なんですよ」

「ああ、だから、奢ってくれたのね？」

「そうだと思います。クラブも同じだし……。いえ、歳はずっと俺より上だから、大学で一緒だったわけじゃありませんけどね」

彼の出身大学とクラブについて、小川は質問した。都内の私立R大学の野球部だった。鳥坂に関することでなにか情報があったら、ここへ連絡してほしい、と言い、小川は彼に名刺を渡した。

5

「やっぱ、小川さん、凄いですね」店を出ると、永田が呟いた。「神の貫禄でしたよ。尊敬しかありません」

「私、長くやっているからねぇ」

「長くやっている夢を諦めちゃったからなぁ……」

「いえ、探偵よりもずっとずっと良いと思う。断然安定しているし」

「デザイン事務所がですか？」

「良かったと思うよ。そうそう、いつかもう一回奢ってあげる。さっきのは経費だけれど、今度はプライベートで」

「嬉しい！」

永田も真鍋も、食べもので手懐《てなず》けられる点が共通している。現在の永田は、職場でモデルをすることもあるらしいが、それ以外ではモデルのバイトは一切辞めたそうだ。同様に、探偵のバイトも、ほんのたまにしか来ない。ほぼフリータの真鍋とすれ違いになるのも、無理はないだろう。

「でも、もっと、お手伝いしたいなあって、ときどき思います。真鍋君は、どうするつもりなんでしょう」

「どうするって？」

「将来のことです」

「彼も、いくらなんでも、来年は就職するんじゃない。ああ見えて、しっかりしているから。探偵事務所の正社員になるなんていうのは、選択肢にないはず。あったとしても、最後の最後の滑り止めだから」

「今まで滑りすぎなんですよね」

的確だ。そのとおりである、と小川も思った。

時刻はまだ八時まえだったが、永田とは別れて、小川も自宅へ帰ることにした。鷹知からメールが届いていて、鳥坂大介には心当たりなし、とのことだった。鷹知ならば、結婚詐欺は守備範囲ではないか、と踏んでいたので、多少期待していたところだったが、残念だ。

自宅の手前のコンビニで食べるものを買ってから帰宅した。スープを作り、買ってきたパンとサラダを食べた。エアコンを最高出力にしたのに、部屋がなかなか暖まらない。寒くなったものだ。

シャワーを浴びてから、鳥坂の大学について調べ、野球部のサイトも見た。部員は百五十人もいることがわかった。まずは、顧問の先生か、それとも監督か、部長に会いにいくべきか、と考える。

それから、ふと思いついて、真鍋にメールを送った。書いたのは、〈永田さんとホストクラブへ行ってきたよ〉の一文である。

二分もしないうちに、電話がかかってきた。

「もしもし」小川はわざとゆったりと話す。

「真鍋です」

「どうしたの？　ああ、メールを読んだ？」

「読みましたよ。だからかけているんですけど」

「どうして私にかけるわけ？　永田さんにかけなさいよ。彼女、寂しがっていたわよ」

「本当ですか？　寂しいって言ったんですか？」

「うーん、それらしいことを言ってた。なんかね、真鍋君は、えっと、寒風みたいだって」

「かんぷうって？」

「寒い風のこと」

「寒風摩擦の？」

「そうそう。冷たいってことだね。もっとさ、大事にしてあげなくちゃいけないでしょうって、お姉さんは思いますけれど、どうでしょうか？」

「酔っ払っているんですか？」

「酔ってないですよ。あ、あの、ホストクラブっていうのはね、正しくは、ホストクラブもどきです。そういう名前の店なの」

「べつに関係ありませんけど」

「あら、強気に出るわけ。やっぱり、なんか変ね。喧嘩《けんか》した？」

「いいえ、していませんよ」

「まさか、冷めたわけじゃないでしょう？　永田さん、良い子じゃない。君には過分だといっても言いすぎではないよ」

「そう思いますよ、僕も」

「まあ！　素直《すなお》じゃない。ふうん……、じゃあ、何？　何がいけないの？」

「いけなくないですよ。ただ、彼女は今、仕事で大事なときだから」

「だから？」

「だから、あまり時間を取っちゃいけないかなって」

「馬鹿だね。大事なときだからこそ、時間を取ってあげなくちゃ」

「うーん、そうかなぁ」

「そうです。断言する。たまには、先輩の言うことに耳を貸しなさいって」

「わかりました。その話は、もうけっこうです。それで、ホストクラブへ何をしに行ったんですか？」

「もどきだけどね」

　小川は、鳥坂の所属していたR大学と野球部のことを真鍋に話した。

「とりあえず、次のターゲットが決まって、気が楽になったよ」小川は話した。

「ターゲットは、あと、永田さんのモデル友達の、えっと……」

「津村さん……。そうだね、そっちも会って話を聞いた方が良いか。安藤さんを通じて、紹介してもらった方が良いかなって」

「永田さんに言ったら、会えるんじゃないですか？」

「まあ、そうね。あ、それさ、真鍋君に任せるよ。やってくれないかな」

「もしかして、僕と永田さんを会わせようっていう魂胆ですか？　見え見えじゃないですか」

「いけない？」

「いえ、いけなくないですけど、でも……、公私混同も甚《はなは》だしいと思います」

「大人びたこと言うようになったねぇ」

「僕のお母さんですか？」

「ま、いいけどね……」小川は溜息をついた。「頼めたのかな？」

「やっておきます」

そのあと、電話が切れた。真鍋にしては珍しい。やっぱり、もう大人になったのかな、と小川は感じる。少し寂しい気持ちも、自分の中に何故かあるような気がした。

電話が振動した。モニタを見ると、椙田からだ。

「はい。小川です」彼女は余所《よそ》行きの声で電話に出た。

「警察の知合いと話して、ちょっと調べてもらったんだが、その結婚詐欺師ね、ほかに何人か被害者が届け出ているそうだ。今のところ、身許はわかっていない。つまり、逮捕されたことは過去にないらしい」相田はいきなりそこまで話して、しばらく黙った。「もしもし、聞いている?」

「はい、聞いています」小川は返事をする。「上村さんも、被害届を出すつもりだと言っていましたけれど……。被害の地域はどの辺《あた》りなのですか?」

「そこまで具体的な情報はわからない」相田は笑った。「しかし、行方《ゆくえ》を晦《くら》ましたということは、どこか遠くへ行った可能性もあるね。そろそろ危険だと感じたから、複数の口座から一気に金を引き出して、姿を消したのか」

「カードなので、一日で一気にとはいきませんね」

「ネット契約をしていた可能性もある。それなら、登録しておけば、ほかの口座へ大金を移すことができる」

「ああ、そうですね……」

小川は、今日の成果を相田に説明した。最大の収穫は、鳥坂の出身大学とクラブが判明したことだろう。

「へえ、そう。ま、本当かどうかは、調べてみないとわからないね。明日行くつもり？」

「はい、そのつもりです」

「上手くすれば、本名と出身地がわかる」

「そうですね。故郷に帰っているかもしれません」

「いや、それはないな」椙田は言った。「姿を晦ますときは、そのベクトルとは反対方向だよ。もし、そのホストの後輩に言ったことが真実ならだけれどね。それも、怪しいと思うな。詐欺師っていうのは、そういうものだよ」

「そうかもしれませんね」

「じゃ、また……」

電話が切れた。いつもあっけない。ところが、すぐにまたかかってきた。

「あ、ごめんごめん。肝心の話を忘れていた」

「何でしょうか？」

「うーん、えっと、電話ではなんだから、会って話そう」

「はい……。明日ですか？」

「今から、そっちへ行く」

「今からですか？　ここへですか？」

「どこにいるの？」

「家にいます」

「三十分くらいで行ける」

「あ、はい。わかりました」

小川は時計を見た。時刻はまもなく十時である。急に心臓の鼓動が速くなった。まず、化粧をして、着替えて、あと、部屋を片づけて……。

6

三十五分後に、チャイムが鳴った。小川は、部屋の中をもう一度確認してから、玄関のドアを開けた。椙田がここへ来るのは初めてではないが、緊張の度合いはいつも同じだった。

「悪い悪い」椙田はそう言いながら入ってきた。「大事な話があってね」

「どんなお話でしょうか？」小川はきいたが、玄関できくようなことではないかもしれない。「とにかく、どうぞ」

リビングに椙田を招き入れた。

「お茶とか、いらないから」椙田はそう言いながら、ソファに座った。

コーヒーも紅茶もすぐに出せる準備がしてあった。小川は、テーブルの反対側に膝《ひざ》を下ろした。そちら側は、クッションしかない。

「実はね、うちの事務所のことなんだけれど、うーん、どうしようかなと思って」

「もしかして、やめるということですか？」

「うん、いろいろ選択肢がある。事情もあってね」

ついに来たか、と小川は思った。いずれこうなるのではないか、と恐れていた事態だ。でも、しかたがない。もう一つの心配、椙田が突然行方不明になってしまうのではないか、という事態よりはずっと良い。そう思わなければならない。

「すぐに、というお話でしょうか？」

「いや、そんなに急ぐことでもない。ただ、その心づもりでいてもらいたい、ということ。君としては、どうなのかな？　もしかして、この仕事を続けたい？」

「え？　それは、はい、もちろんです。あの、少しくらいお給料を下げてもらってもかまいません」

「いやいや、そういう話じゃないんだ。金の問題じゃない。僕自身の個人的事情だから」

「どんな事情なのですか?」

「これまでも、なかなか顔が出せなかった。だんだん、酷《ひど》くなっている。これ以上、君に迷惑をかけたくないと思ってさ」

「迷惑だなんて思っておりません。自由にさせていただいていますし、ええ、仕事はあまり多くはありませんけれど……。でも、ぎりぎりやっていけないこともないと思っていました」

「うん、だから、きいているんだよ。君が引き継がないか、ということを」

「は?」小川は首を傾げた。

「金の話をすると、あのビルの大家は、懇意《こんい》にしている人で、あと一年半は部屋代はいらない。前払いしてあるのと同じだ。あとは、依頼料で稼《かせ》いだ分だけ、君のものになる。僕がいない分だけ有利になると思う。バイトも、忙しいときだけ雇えば良いかもしれない。いや、一人くらいなら、なんとか雇えるかな……。年間で、できれば、二十くらいは依頼を取れると良いね」

「今も、来るのはそれくらいですけど」

「半分は、金にならないからね」

「でも、しかたがないですよね」

「うん、僕が想像していたよりも、仕事は多い。これから増えるとは思うよ。君がもし、その気があるなら、商売を全部譲《ゆず》る。といっても、あそこにある家具と、あとは、会社の口座にある百万円少々だね」

「あ、あの……」小川は驚いて、口を押さえた。「えっと、もちろん、私は、椙田さんがよろしければ、そうしたいと思います。でも、どうされるのですか？　どこへ行かれるのですか？　連絡ができなくなるのですか？　それは、ちょっと、困るかもしれません。まだまだ教えていただかないといけないことが沢山《たくさん》あって……」

「いや、今までと同じくらいで電話はつながると思う。どこにいるのかは言えないけれど」

「そうですか……」小川は、下を向いた。自分の膝を見た。

「話したいことは、それだけ。ちょっと考えておいて。また、そのうちに決心したら、聞かせてほしい」

「決心は、今できます。私は、あそこで今の仕事を続けます」

「そう」椙田は頷いた。「わかった。事務所の名前も、好きに変えても良い」

「いえ、今のままでけっこうです」

「でも、美術品の鑑定は、君にはできないよ」

「誰かに依頼します。考えます。それに、これから勉強します」

「うん。まあ、そんなに難しいことでもないからね」

「あの……」小川は顔を上げた。「将来、また、椙田さんが戻ってこられるようなことはないのでしょうか？」

その質問をしたとたん、目から涙が溢《あふ》れた。

「それは、たぶん、ない」椙田は答えた。

「そうですか」

「嘘は言えないからね、君には」

「ありがとうございます」

「スカウトして来てもらったのに、一緒に仕事ができなくて申し訳ない。悪く思わないでほしい」椙田は頭を下げた。「泣かれると、困るなあ。まるで結婚詐欺だ、とか言わないでくれ」

「すみません」小川も頭を下げた。「いいえ、全然そんなふうには思っていません。拾っていただいて、ずっと、感謝をしていました。本当に、ありがとうございました」

「真鍋はどうなのかな？　あいつ、そろそろ大学を諦めるんじゃない？」

「来年には、決めるようなことを言っていましたけれど、ええ、たしかに、このバイトをいつまでも続けられるとは思いません。永田さんに、今日会って話をしました。仕事が忙しいようです。彼女の方は順調なんですけれど」

「そうか……。また、近いうちに、四人で食事をしよう」

「はい。嬉しいです」

「よし」椙田は立ち上がった。「僕も、君に話せて、肩の荷が下りた」彼はそこで、ふっと溜息をついた。「それじゃあ、今日はこれで」

「なにか、飲まれませんか？　アルコールもあります」

「今日はやめておこう。今度、二人だけで飲みにいこうか。いつが良い？」

「いつでも大丈夫です」

「そう……、じゃあ、明日」椙田は言った。

「はい」

「明日も、ここに来ようか？」

「それでもけっこうです」

「じゃあ、八時に」

「はい」

あとは、無言。玄関で見送るときも、一瞬だけ笑顔を交わしただけだった。大丈夫、私はちゃんと笑えます、というサインみたいだった。

彼が出ていったあと、小川は、冷蔵庫にあった缶ビールを開けて飲んだ。喉《のど》にぐっとぶつかるような刺激があった。涙とカクテルになったせいかもしれない。

そうか、これから、あそこは私の事務所になるんだ、と思う。

自信なんてものは皆無《かいむ》だ。

でも、一件五十万円の仕事を十件こなせば、やっていける。場所代は当面は無料みたいだ。あそこが無料のうちに、なんとか軌道に乗せなければならない。そうすることが、椙田に対する恩返しにもなるだろう。

もしかして、私の教育のために、彼は試練を与えてくれたのではないか……。

いや、そんなはずはない。これまでとなにも変化はない。つまり、これまで椙田としては、事務所の経営は赤字だったはずだ。美術品関係の鑑定が幾つかあって、そちらで儲かっているのだろう、と想像していた。椙田はそちらが専門なのだ。

書類を作る作業には何度も携《たずさ》わった。どんなことをすれば良いのかはわかっている。見る目、つまり知識さえ学べば、自分にもできるかもしれない。どうしても無理な場合は、外注するしかないだろう。おそらく、椙田もそうしていたはず。もし、業績が芳《かんば》しくなかったら、という悪い想像もした。そうすれば、元手はいらない。自分一人が食べていくくらいはできるのではないか。それまでに、できるだけ誠実に仕事を積み上げて、人脈を築くことが大事だな、と考えた。もちろん、これまでにもそうしてきたつもりだが、まだ、成果は出ていない。

缶ビールは、いつの間にか空になっていた。

彼女は、大きく溜息をつく。

とりあえず、今の仕事に全力を尽くそう、それ以外にできることはない、と彼女は思った。

7

翌日、小川は、私立R大学を訪問した。地下鉄の駅から緩《ゆる》やかな坂を上っていく。平日なので、もちろん若者が多い。銀杏《いちょう》の黄色が空の青さとマッチしていない。サイケデリックだった。

まず、事務室を訪ね、事情を説明した。事情というのは、ある人物から依頼を受けて人を捜している、ということ。その人物が、この大学の出身者で、野球部だったことがわかっている。本名はわからないが、写真はある、おそらく十年くらいまえには、在籍していたはずだ、と説明した。事務員が、野球部の部長に電話をかけてくれた。その人物は、大学で助教を務めているという。本人の許可が下りたので、その人の部屋を訪ねることになった。

キャンパスの中を歩き、教えられた建物に入った。階段で二階に上がり、通路に出ると、ドアを開けて立っている男性がいた。こちらと目が合う。がっしりとした体格で、日焼けしている。いかにもスポーツマンといった風貌だ。

「小谷野《こやの》先生ですか？」相手が頷いたので、小川は頭を下げた。

部屋の中に招かれる。入ってすぐのところに、大きなソファが二つ並んでいた。大勢が座れるだろう。小谷野は、想像していたよりも年配だった。おそらく五十代ではないか。助教としては若くない。つまり、野球部の部長の方が専業なのかもしれない。そういう例があるのでは、と想像した。

さっそく事情を説明した。といっても、結婚詐欺の話をしたわけではない。ある女性から行方不明の人物を捜してほしいと依頼されている。犯罪に関わっている可能性も高いので、心配している、と抽象的な説明をした。名前は、鳥坂大介と名乗っていたが、これは本名でない可能性がある。このほかにも、東京で最近までバイトをしていた先では、桐谷夢人と名乗っていたようだ、とも。話を聞いている間、小谷野は表情を変えず、眉を顰め、じっと小川を見据えていた。

「お心当たりはありませんか？　現在の年齢は二十代後半か三十代前半です」

「いえ、名前には聞き覚えがありません。でも、調べてみましょう」小谷野は立ち上がって、デスクの前まで行き、立ったままパソコンのマウスを動かした。小川はそれを見ながら待った。おそらく、部員のリストがあって、それを呼び出し、探しているのだろう。

「えっと、鳥坂でしたね。いませんね。あと、もう一つの名は？」

「桐谷です」

「桐谷、ちょっと待って下さい。うーん、同じ名の者が一名いますが、年齢が合いません。現在五十歳以上です。この人物は、私もよく知っているので違います」

「そうですか。やはり、本名ではないということかもしれません」小川は言った。

「あるいは、うちの部だったというのが、間違いかもしれませんね」小谷野は言った。

「あの、では、写真を見てもらえないでしょうか？」

「あ、写真があるのですか」小谷野は、ソファへ戻ってきた。

小川は、バッグから写真を取り出して、彼に見せた。

「ああ、こいつはね……」小谷野はすぐに反応した。「えっと、何ていったかなぁ」

小川は身を乗り出す。当たりか、と思った。

「うーん、名前は何だったかな……、でも、ええ、よく覚えていますよ。内野の補欠でしたね。でも、三年生のときに辞めてしまった」

「野球部を辞めたということですか？」

「いや、たしか、退学したんだと思います」

「なにか、トラブルがあったのでしょうか？」

「いや、そうじゃない。それだったら、もっとしっかり覚えていますよ。えっと、きっと、良い働き口でも見つかったんでしょう。それとも、単位が足りなくて、進級もできそうにない、学費ももったいない、といったところだったかと。けっこう、そういう学生が大勢います。不況ですからね、珍しいことじゃない」

「名前を思い出してもらえませんか」

「この写真を貸していただけませんか。周りにきけば、わかると思います。わかったら、ご連絡します」

小谷野は、約束の仕事があるようなので、小川はそこで彼の部屋を出た。見せた写真のほか、あと二枚を彼に手渡した。

名前がわかりそうだ、というのは大きな成果といえる。

おそらく、警察もここまで来る可能性は低い。被害金額が大きいし、それなりの捜査はするはずだ。しかし、あの店の前山登が証言しなければ、ここへは行き着けない。

次に、電車で郊外へ出て、上村恵子が口座を作った銀行を訪ねた。受付で説明し、そのあと店長とも別室で話した。結婚詐欺の可能性が高い、口座を開設したのは被害者ではなく、詐欺師の男性で、この店で受付をしたものと思われる、と説明をした。だが、残念ながら、まったく取り合ってもらえない。そういった個人情報を教えるわけにはいかない、というのだ。

「でも、ここの口座を持っているご本人から依頼されているのですよ」と小川は抗議めいたことを言ってしまったが、

「少なくとも、そのご本人が通帳を持っていらっしゃらないかぎり、これ以上はなにもお話しできません」ということだった。

写真を見てもらい、顔に見覚えがないか、と尋ねる許可だけを得た。受付を担当している六人の行員に、鳥坂大介の写真を見せたが、首を傾げるばかりで、覚えている者は一人もいなかった。

「大勢のお客様を相手にしておりますので、一度で顔を覚えるようなことは……」と首をふる中年の女性もいた。

防犯カメラの映像記録を見るには、警察の捜査願がなければ不可能だし、そもそも、そんな以前の記録が残っているかどうかも怪しい。

帰りの電車では、座ることができたが、失意のためか、小さな疲労感に襲われた。暖房が効きすぎているので、躰《からだ》が痺《しび》れるような感覚もあり、頭も働かない。こんなことで、この仕事を続けていけるだろうか。あまりにも効率の悪い商売だ。

窓の外を流れる風景を見ながら、自分にできそうな仕事を想像した。バイトならば探せばあるだろう。でも、時給いくらか、と計算をすると、やはり不安になる。できれば、歳を取らないうちに正社員として就職したい。自分は、呑み込みが遅くて、時間をかけないと慣れることができない。でも、慣れれば力を発揮できる、という仄《ほの》かな自信は持っている。

もっと、ビジネスライクに考えないといけないだろうか。この程度のことで一喜一憂することが、無駄であり、改善すべき点といえそうだ。

事務所に戻ると、十二時半だった。ランチは面倒なので抜くことにする。紅茶を入れて、それで躰を暖めよう、と思った。

8

真鍋瞬市は、永田絵里子と約束をした店へ向かっていた。寝坊したため起きたのが十時半で、慌てて出てきたから、なにも喉に通していない。腹が減っていると頭が回らない。寒いし、眠いし、躰も半分死んでいるみたいだった。

大学の最寄り駅近くの喫茶店で、そこは永田と以前によく会った場所である。ただ、食事のメニューは、二種類のサンドイッチしかない。もっと温かいものが食べたい。ラーメンとかを想像した。温まるし、目が覚めるだろうな、と。

ドアのベルを鳴らして店に入った。約束の十一時を十分過ぎていた。窓際の席に、永田絵里子ともう一人、津村路代が座っていた。津村は、永田をさらにバージョンアップさせたような女性で、近づきがたい雰囲気で見えないバリアを張っているが、ここは我慢をするしかない。

「遅れてすみません」真鍋は、津村に謝った。

「駄目じゃない、仕事なのに」永田が言った。「あと五分経っても来なかったら、店を出ようかって、話していたんだから」

永田が、奥のシートに移動したので、彼女の隣に真鍋は座った。近づいてきた店員に、ホットのカフェオレを注文する。女性二人の前には、コーヒーカップらしきものがあって、どちらも、液体面は数センチ下がっている様子が窺えた。

「探偵社のバイトをしている真鍋といいます」津村に向かって自己紹介した。「バイトなので、名刺とかはありませんけれど、信用して下さい」

「そこんところは、もう私が話しました」横で永田が言う。「真鍋君、なんか、緊張してない？」

「しているよ」真鍋は小声で応える。綺麗な女性の前だから、と言おうと思ったが、多少は頭が働いて、思い留まった。「じゃあ、さっそくですけれど、事情を聞かせてもらってもよろしいですか？」

津村路代は、見た感じは、永田よりもずっと大人っぽいのだが、話し方は幼い感じで、ほとんど小学生のようだった。他人事のように事情を語り、表情は変わらない。淡々としている。断続的だし、話が飛ぶので、こちらからときどき質問をしないと、よくわからない内容だった。

半年くらいまえに、ホストクラブもどきで知り合った。最初は、桐谷という名だったが、本名は鳥坂だと教えてくれた。彼のマンションへ、数回行ったことがある。鳥坂は、銀行に勤めていて、課長だと聞いた。その銀行のキャンペーンで、新婚の人を応援する企画があり、是非口座を作りなさい、と持ちかけられた。彼女は、これはもしかして、プロポーズなのか、と思ったので、鳥坂にそう尋ねたら、そのとおりだという。指輪は後回しになるけれど、と彼は言ったそうだ。

「銀行員なのに、そのホストクラブもどきでバイトをしているっていうの、おかしいって思わなかったの?」永田が突っ込んだ。

「思ったかも……。でも、バイト夜だけだし、お金を貯めているんだなって」津村は答える。「そういう、なんていうの、真面目なところ、私、信じちゃった。だから、その作った口座に、お金も入れたし」

ときどき、甲高い声を上げて笑う。笑って誤魔化《ごまか》す。そんなしゃべり方で、聞いていると、頭蓋骨《ずがいこつ》が共鳴して頭が痛くなりそうな真鍋だったが、にこやかでジェントルな対応に努めた。

モデルとして稼いだ金も、すべてそちらの口座へ移したという。今のところ、被害額は約八百万円。これは、調査依頼のあった上村恵子の三倍近い金額といえる。津村は、既に警察に被害届を出している。また、結婚するつもりで仕事を辞め、地元に帰っていたので、そのとき、ラジオ局へメールを送った。同じような結婚詐欺の話をたまたま放送で聴いたからだった。その番組のパーソナリティが、安藤順子だったというわけである。

「本を書きたいんだって」津村は安藤のことを話した。「なんかさ、本が出たときには、取材料だっけ？　それ払いますって言ってたし。あの人のお友達の、えっと繁本さん？　その人もね、話を聞いたら、同じなの。そういうことを同時にしてたわけ、二股なんだ」

「いえ、実は、ほかにもいるようなんです」真鍋は言う。「うちの事務所に、調査を依頼してきた人がいまして……」

「あ、知ってる。小川さんって人でしょう？　その人が一番歳上」津村が言った。

これは、安藤から伝わった情報なのだろう。人の名前を覚えるのは得意そうだ。小川がここにいなくて良かったな、と真鍋は思った。

その後も、いろいろ質問をしたが、津村は、鳥坂のことについて、ほとんどなにも知らなかった。結婚しようとしていたのに、こんなものか、と不思議に思える。鳥坂の両親や知合い、あるいは職場の人間に会ったこともない。唯一の例外は、バイト先の前山である。彼女は、前山とは以前から知合いで、彼の店にたまに行っていた。その関係で、鳥坂と知り合うことになったらしい。

三十分ほどで、津村とは別れた。真鍋は一人で事務所に戻るつもりだったが、意外なことに、永田がついてきた。

「今思うとね、悪いことしちゃったなって」永田が言った。

「え、津村さんに？　どういうこと？」

「あのね、その鳥坂さんと彼女が初めて会ったとき、その場に私もいたんだよね、あそこの店に」

「へえ、それで？」

「でね、津村さんのことを、モデルで超売れっ子なんだよって、彼に言ったわけ」

「それが？」

「だからさ、この女はお金を貯め込んでいるかもって、思ったんじゃない？　だから、照準を合わせたわけだよね、きっとそのときに」

「永田さんじゃなくて良かったね」

「私？　私は全然大丈夫。最初から、めっちゃ怪しい奴だって思ってたもん」

「どうしてそう思ったの?」

「あのね、うーんと、まず、言葉がね、ソフトなのね。けっこう、甘い感じで、褒《ほ》めてくるわけ、ずばりと。あ、その瞳が素敵ですね、今のしゃべりかた可愛いですね、みたいな」

「へえ……」

「そういう気の抜けた相槌《あいづち》とか絶対しないの。君の話は本当に面白いっていう目で、身を乗り出してくるの。真鍋君の真逆」

「でもさ、そんな簡単に引っ掛かって、結婚したくなるのかなぁ」

「やっぱ、銀行員だし、エリートだし、高給取りだし、安定しているし……」永田は指を折った。「公務員の次くらいに憧れるわけだね」

「そうだよね。僕と真逆だ」

「真鍋君だって、スパイダマンよりは、手堅いよ」

「知らないよ、そんなの」

「え? 何、拗《す》ねてるの?」

「卒業できないし、就職できないし、寝てばかりいるし、拗ねたくもなるよね」

「弱音じゃない、それ」

「そうだよ」

「弱音は駄目。それじゃあ、見た目は大人、頭脳は子供じゃない」

「子供って、弱音吐く？」

「どうしちゃったの？」

「どうもしないけど」

「自殺とかしちゃ駄目だよ。これだけは私のお願いきいて」

「そこまで落ち込んでいないから」

「ふうん。精彩がないよね。セーサイで合ってる？」

「合ってる」

「私、もう仕事場へ戻らないといけないんだけれど、もうちょっと一緒にいてあげようか？」

「あ、いいよ、そんな」真鍋は首をふった。「今が大事なときだし、制作で大変なんでしょう？」

「大変大変。もう、徹夜の連続だよ、まったくもう」

「落ち着いたらでいいよ」

「そう？」永田が口を尖らせる。「元気出しなさい」

「うん」

「じゃあ、またね」

「うん、ありがとう」

改札が見えてきたところだった。永田はそちらへ去った。真鍋は、別の線の改札へ向かう。

元気がないなんてことはない。いつものとおりだ。

なんというか、永田が相変わらず元気すぎる。たぶん、仕事で気合いが入っているのだろう。相対的に、自分は元気がなく見えてしまうのだ。こういうのは、地盤沈下って表現するのかな、違うな……、なにか適当な言葉があったはずだ。

あまり考えたくはなかったが、電車に乗っている間も、歩いている間も、将来のことを考えた。このさき、自分はどうやって生きていくのか。

それは、何がしたいか、という問題ではない。どんな仕事をして、何で金を稼げば良いのか、という手法の問題だ。

探偵事務所でのバイトは、面白いけれど、それだけで生活ができるほどもらえるわけではない。だいいち、経営は明らかに傾いているはず。いつまで存続できるか疑わしい。探偵の鷹知祐一朗を見ていて感じるのは、これは自分の才能とは別次元の職種だ、ということだった。むしろ、小川令子は向いている。鷹知と小川の二人が組んで仕事をすれば理想的だろう、というのが真鍋の見立てである。

では、自分は何が向いているのか？

大学で学んだことは、あまり仕事の役に立ちそうにない。そういった方面の活動に憧れはあったけれど、知れば知るほど、仕事にならないものばかりだった。好きでたまらないというほどのことでもない。

どうしたものかな、とぼんやりとしか考えられないのだった。

しかし……。

八百万円というのは大金だ。津村は、もう吹っ切れている様子だったけれど、おそらくそれは、その金額ならばまたすぐにも稼ぎ出せるという自信があるからだろう。翻《ひるがえ》って、自分はどうか。とてもじゃないが、そんな金を容易に得ることはできない。永田だったら、可能かもしれない。モデルのバイトもできるし、既に正社員として就職しているのだ。自分とは、ポテンシャルが違いすぎる。

永田が言った、拗ねてるの、という言葉が何度も頭の中を巡った。拗ねているというか、僻《ひが》んでいるというか、とにかくマイナス思考である。蝙蝠《こうもり》がいる暗い洞窟の中でエコーするみたいな思考だ。

もしかしたら、ちっぽけなことかもしれない。まだわからない。三十代くらいになったら、これがちっぽけなことだとわかりそうな気もする。でも、このまま三十代になってしまったら、自分自身がちっぽけだと確定してしまいそうだ。

9

一時少しまえに、真鍋から電話がかかってきた。コンビニに寄ってから、事務所へ行くけれど、なにか買ってきてほしいものがあるか、ときかれる。

「じゃあ、おにぎり一つ」小川は答えた。

「食べていないんですか?」

「うん。抜こうと思ってたから」

「じゃあ、買っていきます。何が良いですか?」

「なんでもいいよ」

十分もしないうちに真鍋が現れた。おにぎりは鮭だった。真鍋は弁当を買ってきたようで、お湯を沸かしている。

「どうだった? 津村さんと会えた?」

「ええ、会いました。これといって、参考になりそうな情報はありませんね。一番の驚きは、八百万円もぽんと渡してしまったことです」

「そうだよね。今回最大の被害者かもしれない」小川は、安藤からそれを聞いている。「落ち込んでいた?」

「いいえ。そんなふうには全然見えませんでした。また、それくらいは稼ぐつもりなんでしょう」

「綺麗な人?」

「そうですね。売れっ子らしいです」

「永田さんよりも?」

「もちろんですよ」

これは、売れているという評価での話だろう。

「永田さんも一緒だったの?」

「ええ」

「そう……」小川は、おにぎりを一口食べた。「一緒にお昼食べてくれれば良かったのに」

真鍋は、お茶を淹れている。弁当も既に広げて、準備をしていた。小川の言葉には、応えなかった。その方面では話しかけない方が良いかもしれない。

「私の方は、大当たりだったよ」

「えっと、銀行ですか？　あ、そうか、R大学へ行ったんでしたね」真鍋がこちらを向いた。「本人を知っている人がいたんですか？」

「野球部の部長さんがね、顔を覚えていたの。名前はわからないけれど、写真を置いてきたから、あとで知らせてもらえそうだった」

「本名がわかると、大きいですね」

「警察に知らせる手があるわね」小川は言う。「情報交換を申し出てみようかな」

「鷹知さんに相談したら良いのでは」

なるほど、もっともだ。鷹知は警察にコネがある。それは良いアイデアに思えた。

真鍋とは、お互いに細かいところまで情報交換をした。小川は、手帳にメモを取った。今日の午後三時に、依頼人の上村に会う。まだレポートをまとめるような段階ではないものの、初動の二日間の成果としては充分だろう。上村は、ここへ来る約束になっていた。

「真鍋君も会ってみる？」小川はきいた。

「そうですね。事務所にほかのスタッフもいるところを見せたいんでしょう？」

「それもある。時間、大丈夫？」

「暇ですから」

「そう」小川は簡単に頷いたが、やや心配ではあった。どうも、また留年か休学が決まった様子なので、そこは尋ねにくい。「そうだそうだ、君に話したいことがあるんだけれど、真面目な話で」

「何ですか？」弁当を食べているので、発音が不鮮明だった。

「昨日、相田さんから、この事務所をね、私に引き継いでほしいと言われたんだけれど……」

「え、どういう意味ですか？　相田さんが手放すということですか？」

「手放すっていうほど、財産はなにもないみたいだね」

「うーん、そうか、場所は借りているだけだし……。それで、相田さんは、どうするんですか？　引退ですか？」

「そんな感じ」

「小川さん、引き受けたんですか？」

「うん」彼女は頷いた。

「でも、相田さんがいなかったら、美術品鑑定の仕事は難しいですよね」

「そうだね」

「やっていけないんじゃないかな、探偵業だけに絞っては」

「たぶんね」

「どうするんですか？　もしかして、僕もクビですか？」

「いえ、そこまで、まだ全然考えていない。そう……、真鍋君はさ、どういうつもりでいるの？　このさきのこととか」

「考えていません」

「あっさり言うじゃない。でも、いつまでも、このままってわけにもいかないでしょう？　大学のこととか、就職のこととかは？」

「そうですね。とりあえず、今年度は卒業できません。それは決定的です」

「やっぱり、そうなんだ」

「お察しのとおりです」

「君さ、しっかりしているようで、駄目なんだね、そういうの」

「そうなんです。今さらですけど、しっかりしているようで、駄目なんです」

「どうしてなの？」

「どうしてって、言われましても」真鍋は、既に弁当を食べ終わり、お茶を飲んでいる。「うーん、何が原因なんでしょうか。僕の能力的な問題としか言いようがありませんが、それでは納得してもらえませんか」

「だって、大学なんて、誰だって卒業できるわけでしょう。ちょっと、周囲と協調して、みんなと同じことしていたら、いけるでしょう？」

「それが、できないんですよね、何故か」

「どうして？」

「どうしてでしょう？」

「つい、怠《なま》けてしまうわけ？　どこか、悪いんじゃないの、精神的にとか」

「返す言葉もありません」

小川は溜息をついた。「悩みとかないの？　あったら、聞いてあげましょう」

「悩みですか……。いえ、特にありません。大丈夫ですよ。永田さんに、さっき、自殺しないでねって言われましたけれど」

「深刻じゃない」

「いえ、大丈夫ですよ」

「あっけらかんとしているよね」小川は言う。「そういう状態でさ、悩まないのが、私は心配だわ」

「悩んでいないわけじゃないですよ。僕なりに、これじゃあいけないなあとは思っているんですけれど、でも、どうしたら良いのか、という対策をぱっと思いつかないというか……」

「だからぁ、大学へ行って、授業に出て、課題をこなして、なんとか卒業するの。簡単じゃない」

「うん、つまり、卒業しても、あまり変わらないと、たぶん、思い込んでいるんでしょうね。だから、乗り気になれないのではないかと」

「また他人事みたいに言う」

「いや、そんなつもりないんですけど」

「まあ、君って、だいたいそうだもんね。うん、言いすぎた、ごめん」小川は片手を立てる。「気にした？」

「全然」

「じゃあさ、この仕事は、どうなの？　もっと続けたい？」

「面白いですよね。ええ、こんな面白いバイトって、あまりないと思います。でも、仕事としては、多分に不安定ですから、一生これをするとは思えません」

「そうだよね。わかる」小川は頷いた。

「小川さん、そうは思わないんでしょう？　だから、引き継ごうとしているんじゃないですか？」

「どうかな。自分でもよくわからないの。だけどね、まあ、これ以上は駄目だ、どうしようもないってなってからでも遅くないわけ、次のことを考えるのはさ。それまでは、まあ、好きなことをしようかな、といったところかしら」

「冷静なのか感情的なのか、わかりませんね」

「ま、私って、そういう人だから」

「そのとおりです」真鍋は大きく頷いた。「自分がわかっているのは、ある意味、凄いことですよ」

「褒めているのか、それ」

「とりあえず、バイトは、依頼があれば続けます。来るなと言われるまでは」真鍋は言った。「将来のことは、そうですね、ちょっと真面目に考えてみます。いえ、行動しないと駄目ですね。これまで、考えたことはあっても、具体的に行動していなかったので、考えを改めようかなって、今日思いました」

「今日？　今の話がきっかけ？」

「いいえ、違います。久し振りに永田さんと話して、ちょっとショックを受けたみたいなんです」

「誰が？」

「僕が」真鍋は答える。「やっぱり、もう考えないと、いえ、行動しないといけませんよね、子供じゃないんですから」

「そうだよう」

10

午後三時に、上村恵子が事務所を訪れた。昨日の朝以来なので、約三十時間ぶりである。ソファに座ってもらい、小川は、これまでにわかったことを口頭で報告した。鳥坂がバイトをしていた店、それから大学のことだ。引越先はまだわかっていない。詳しいレポートは一週間後に取りまとめることになっている。残念ながら、R大学の小谷野からは、まだ連絡がないので、鳥坂の本名は判明していない。

「警察には、届けられましたか？」

「いいえ、まだです」上村は首をふった。「あの、一日考えたのですけれど、届けるとしたら、私の名前とか住所とかが公開されるリスクがありますよね？」

「それは、大丈夫だとは思いますけれど……。どうしてですか？　なにか心配なことが？」

「はい。あの……、職場や親戚が、私が結婚詐欺に遭ったことを、まだ知らないのです。私も知られたくありません。東京へ出て、結婚したんだと思われたままでいたいのです。でないと、いい笑いものです。両親には、いずれ手紙を書こうと思っていますけれど、まだ心の整理がつきません。警察に話したら、捜査をするわけですから、当然、私の近辺にも話をききにくると思うんです。それは、ちょっと耐えられないと思いました。ですから、小川さんから、依頼人が一人いて、こういう被害に遭っただけ、話してもらえないかな、と考えました。勝手な話で申し訳ありません。我儘《わがまま》だとは思うのですが、結婚が駄目になっただけでも、今の私にはとんでもなく大きなショックなんです。これ以上、苦しみたくありません」

「わかりました。実は、上村さんと同じ被害に遭っている女性が少なくともあと二人いることがわかりました。どちらも、結婚を約束し、銀行口座を使った詐欺に遭っています。そのうち一人には、今日、そちらにいる真鍋が会ってきましたが、鳥坂さんのマンションへ何度か行ったことがあると話しています」

「そうですか……」上村は下を向いてしまった。ほかにも女性がいたことは、詐欺が決定的である証拠といえる。最後の望みも消えた、という意味になるのだ。小川は、そのことを計算して話した。

「その人は、八百万円を騙し取られています。警察にも届け出たようですから、警察の担当者に、今日にも会ってこようと考えています。上村さんのことは、名前を伏せて、被害の話だけします。それでよろしいですね？」

「はい。お願いします」

「もう一人の被害者は、その人の友人という方と会うことができました。こちらも、だいたい同じ状況のようです。時期的にも、ほぼ重なっているようです」

「その方も、お金を取られたのですね？」

「はい、五百万円と聞きました」

「そうですか、お気の毒に……。私はまだ被害が小さかったということですね」

「金額で比べられるものではないと思います」小川は言った。「最終的には、鳥坂さんを見つけ出し、彼には、罪を償《つぐな》ってもらう。もし彼がまだお金を持っているなら、少しでも返してもらう、ということが、私たちの目的です」

「はい」上村は小さく頷く。

「それでよろしければ、調査を続けさせていただきますが」

「はい、よろしくお願いします」上村は顔を上げないまま頭を下げた。

「上村さんは、今回のことをできるだけ忘れて、新しい生活を始められることをおすすめします。鳥坂さんが見つかるまでには時間がかかるかもしれませんし」

「はい、ありがとうございます」上村は、また泣いているようだった。ハンカチを出して、鼻に当てている。

小川は、少し黙った。可哀相《かわいそう》だと思ったので励《はげ》ましたのだが、言わない方が良かった、と反省した。泣かせてしまったみたいではないか。被害金額が一番少なくても、誰よりも一番傷ついているのは、彼女かもしれない。職場にも親戚にも真実が明かせないほどショックなのだ。掛け替えのない生活を、すべて棒に振ったのだ。

「お仕事とかは、どうされているのですか？　こちらで、なにかなさっているのですか？」

「いいえ、それはまだ……」上村は首をふった。「もう、お金もないので、働かないといけないんですけれど……。あ、いえ、小川さんにお支払いする額だけは、なんとかします」

「それは、いつでもけっこうですよ。心配しないで下さい」

「ありがとうございます」

つい、もらい涙で目が潤んでしまう。小川は静かに溜息をついた。

「こんな短い間なのに、いろいろ調べてもらえて、とても感謝しています。誰にも、こんなこと相手にしてもらえないと悩んでいました」上村は震えるような声で言った。「自分だけが泣いている、と思っていました」

「難しい調査かなと思いましたが、意外にも、被害がほかにもあって、その点では、手掛かりは多くなったと思います。望みはありますよ」

「よろしくお願いします」

来週にまた会うことを約束して、上村と別れた。事務所から出ていくときも、まったく元気がない。昨日よりも窶《やつ》れている感じさえあった。

「大丈夫ですか。心配ですね」上村が出ていったあと、真鍋が呟いた。

「身につまされるでしょう?」小川は、深呼吸をする。「ああ、可哀相だぁ。鳥坂って男を見つけ出して、警察に逮捕させたとしても、彼女にこれっぽっちも幸せは戻ってこないんだよ。せめて、お金だけでも戻ってくれれば良いけれどさ」

「そうじゃないと、料金を払ってもらえませんからね」

「馬鹿なことを言わないで。あんな可哀相な人からお金を取ろうなんて、思っていませんよ」

「できれば、そうしたいという気持ちです。私も、同じくらい可哀相なんだから、しかたがないわ」

「嘘でしょう、それ」

「そうですね」

小川は、さっと振り返って真鍋を睨んだ。彼は、下を向いていて、こちらを見ていない。しょうがない奴だ、という言葉は呑み込んだ。

「さて、では、ちょっと警察へ行ってきます」小川は言った。「鷹知さんに電話をしてからね。今日は、どのみち、ここへは戻りませんから」

「へえ、なにか用事があるんですか？」

「いえ、帰るだけだよ」

「早いじゃないですか。夜、なにかあるんですね」

「さあね」

「あ、あるんだ。何ですか？」

「子供は知らなくて良いの」

「え、大人の情事ですか？　あ、間違えた、事情ですか？」

「わざとらしい」

小川は、コートを着て、事務所を出た。

歩きながら、鷹知祐一朗に電話をかけた。彼に調査の概略を伝えて、これから警察に行くのだが、誰か話のわかる人を教えてほしい、ともちかけた。

「知合いはいますけれど……。でも、小川さん、以前に知り合った刑事さんがいるでしょう。その人に話してみたらどうですか？」

「え、でも、殺人課だから……」

「大丈夫ですよ。その人が口を利いてくれますよ。人脈は、自分で作らないと」

「そうですね……、わかりました、やってみます」

「上手くいかなかったら、フォロウしますから」

「ありがとう、じゃあまた……」

以前に知り合った、橋本《はしもと》刑事が退官したとき、そのパーティに出席したら、橋本が後輩の刑事を紹介してくれた。その後、一度ちょっとした事件で、捜査の協力をしたことがある。それ以来連絡を取っていなかったが、電話をかけてみよう、と思い出したのだった。

そうだ、人に頼ってばかりでは進歩がないな、と思い直した。

ちょっと歩くテンポが上がったように思えた。時刻は四時少しまえである。

第2章　どんどんはげしく

さらに厄介なのは、転移感情を向けられると、治療者の側にも、それに呼応する感情が生じてしまうということである。「逆転移」と呼ばれる現象である。患者が、治療者を理想化したり、恋愛感情を向けてくると、治療者もそれに巻き込まれやすくなる。反発や敵意を向けられると、いつの間にか、治療者の方にも、ネガティブな感情が生じ、その患者のことを疎ましく思うようになる。ある意味、患者が映し出している存在、たとえばその人が嫌っている父親という役割を引き受けてしまっているとも言える。

1

電車に乗るまえに電話をかけたのは、野村《のむら》という名の刑事だった。電話をかけると、橋本の名を持ち出すまでもなく、小川のことを覚えてくれていて、すぐにも会ってもらえる話になった。待ち合わせ場所を決めて、そこへ向かうことにする。帝国ホテルのラウンジだ。

約三十分後にホテルに到着した。ここは、大勢が待ち合わせをする場所で、ラウンジもの凄く広いうえ、人も多い。見つけられるか、と心配していたが、後ろから声をかけられた。振り返ると、スーツの中年紳士が立っている。野村は、四十代か五十代かわからないが、歳上であることは確かだ。最初に会ったとき、小川の生まれ年を聞いて、彼自身がそう言ったのである。そんなの当然だろう、とそのときは思った。女性の年齢を聞いておいて、自分は言わないのかとも思ったので、よく覚えているのだ。背が高く、色が黒い。メガネをかけている。どちらかというと、平均的な会社の事務系の人間に見える。

カフェのテーブルに着いてから、改めて挨拶《あいさつ》をした。

「今日は、何のお話ですか？」野村はきいた。

「実は今、結婚詐欺の被害者に依頼されておりまして、その加害者の行方を追っています」

「結婚詐欺ね」野村は、少し口許を緩めた。彼にとっては、あまり刺激的な事件とはいえないかもしれない。

「事情をお話ししますが、もちろん、課が違うことは承知しています。どなたか、ご紹介いただければ、と思ってきました」

三人の被害者がいて、同じ手口で同時期に大金を失っている。総額は千六百万円。いずれの被害者とも鳥坂大介という名でつき合っていた。R大学の野球部の出身らしく、本名が判明する可能性も高い。警察には、少なくとも一人が被害届を出している。自分の依頼人は、事情があって、身許を明かしたくないので、警察には届けていない。そんな説明をした。

「わかりました。担当者にきいてみます。でも、たぶん、小川さんよりも情報を持っていないでしょう」

「調べないものですか、こういった事件は」

「どこで届けを出したか、ですね。都内ですか？」

「それは、わかりません。実家に帰っていたとも聞いています。どこかわかりません。すみません。いい加減な話で。でも、私の依頼人は、静岡県です」

「なるほど。まだ、こちらへ情報が来ていない段階かもしれませんね。でも、情報提供には感謝します。担当者がいますから、伝えておきましょう」

「写真もあります」小川は、バッグから写真を取り出し、野村にそれを見せた。

「これも、良ければ、あとでその担当者に送ってもらうことになります。うん、ここまでわかっていたら、見つけるのは簡単でしょう。ただ、金が戻るかどうかは、わかりませんね。詐欺師っていうのは、そこまで計算していますよ。捕まっても、金は出さない。そういう例が多いんです。刑期は、意外と短い。勤めが終わってから、隠し金を使うという算段です」

「そうですか、なんとかならないものですか。どこへ隠してしまうのですか?」

「そう。どこかへ預けたり、埋めたりしますね」

コーヒーがテーブルに届き、カップを手に取った。もう話は終わっている。野村も、コーヒーを一口飲んだ。

そういえば、椙田が、野村刑事のことを話していたことがあった。あまり、鋭いという印象ではない、つまり、やり手の刑事ではない、ということだった。野村は椙田のことを知っているのだろうか、と小川は思った。しかし、自分から話すことではない。

「まだ、探偵業を続けているとは思いませんでした。怒らないで下さいよ」野村は言った。「とても務まらないと思って見ていたのですが」

「はい。なんとかやっております。それどころか、事務所を任されることになりそうなんです」

「ほう、椙田さんのところでしょう？」野村は言った。

「え、ええ。ご存じだったんですか」

「ええ、まあ……、だいぶまえのことですけれどね。そうですか、任されるっていうのは、支店長みたいなものですか？」

「はい、そうです」

「そうですか」野村はまた、カップを手に取り、コーヒーをすすった。

「ですから、今後とも野村さんのお世話になるかもしれません。どうかよろしくお願いいたします」小川は頭を下げた。

メールが届いた。R大学の小谷野からだった。小川は、電話のモニタを見た。

〈昨日の件、鳥井《とりい》信二《しんじ》君だと判明、たぶんまちがいないと思います。電話をいただけ

れば、もう少し詳しく話します〉

タイミングが良いので、この件をその場で野村に知らせた。野村は初めて手帳を取り出して、その名前をメモした。数日中にまた電話をします、と小川は約束して、野村と別れた。

ホテルを出ると、外は北風が冷たい。人通りが少なくなった場所で、小谷野に電話をかけた。

「もしもし、小川です。お知らせ、ありがとうございます」

「ええ、監督に写真を見せたら、一発でわかりました。もちろん、似ている他人という可能性もないわけではありませんが。なにしろ、十年も経っていますからね」

「なにか、情報はありませんか?」

「鳥井は、新潟《にいがた》の出身でした。一年生のときは寮にいたんです。退学したのが、三年生の年度末です。その後のことはわかりません。実家と、当時の住所しか記録になくて、たぶん、今はそこにはいないでしょう」

「その住所を一応教えてもらえませんか」

「では、メールで送っておきます」

「あと、指導教官の先生とか、同級生なども、ご紹介いただければ、こちらで連絡を取ってみますが、駄目でしょうか？」

「それは、そうですね、本人たちにきいてみましょう。かまわないという場合は、お知らせします」

「ありがとうございます。大変助かります」

「監督も言っていましたけど、真面目な奴だったってね」小谷野は言った。「どこで、踏み間違えたのか……」

またR大学へ行くかもしれないので、そのときはよろしくお願いします、と話して電話を切った。

電話をしている間に、躰が冷えた。地下鉄の駅へ急ぎ、電車に乗って吊《つ》り革《かわ》に摑まると、小川の頭は切り替わった。

上村恵子の依頼、結婚詐欺の件については、いったんファイルを仕舞い、新しいファイルを開いた。それは、今夜の準備である。まず、スーパに寄って、食材を買う。何を作ろうか。それから、一度帰って出直し、近所の酒屋へ行く。ビール、ワイン、シャンパンかな……。

部屋の片づけや、トイレの掃除などは、昨夜のうちに済ませてある。約束は八時だから、あと三時間半ほどだ。手順を頭の中で展開した。

スーパでカートを押しているときに、安藤順子から電話がかかってきた。

「あ、小川さん、今夜、時間取れない？」

「あ、えっと、ちょっと、今日は……」

「駄目か……、ごめんなさい、突然で」

「なにか進展がありましたか？」

「いいえ、全然。今日は、繁本さんと津村さんと一緒に、飲み会です。二人を慰める会。だから、小川さんも是非って、思ったの。もっと早く連絡すれば良かったね」

「いいえ。ありがとうございます。お誘いは嬉しいです。行きたかったです。でも、ちょっと大事な用事があるものですから」

「私と繁本さんは、明日地元へ帰りますけど、いつでも、また連絡下さいね。なにかあったら、すぐ出てきますから、私」

「はい。よろしくお願いします」小川は、肉売り場の前で頭を下げた。

地元に帰るって言ってたけれど、どこだったかな、聞いたかな、と考えたが、すぐに、今はそのモードではないのだ、と思い出して、ブラインドの紐《ひも》を引くように考えるのを諦めた。

献立《こんだて》は決まった。両手にビニル袋を提《さ》げて一旦帰宅。すぐに酒屋に向かった。その途中で、今度は小谷野からメールが届いた。指導教官と二人の同級生を紹介する、という内容で、三人の名前とメールアドレス、電話番号が記されていた。三人とも、鳥井信二の調査に協力することを承諾した、という意味である。

明日は土曜日だが、メールなら出しても良いだろう。とりあえず、明日、そして来週の仕事ができて良かった、と小川は思った。そういう意味では、今回の調査は非常に調子が良い。良すぎるくらいだ。こんなことは滅多にないのではないか。

もし、真鍋があのとき気づかなかったら、安藤たちに会うことはなかった。永田が男の顔を覚えていなかったら、今頃なんの手掛かりもないままだっただろう。自分の実力ではなく、周囲にいかに助けられているか、と考えてしまう。

このまま、椙田がいなくなって、真鍋も永田も事務所から離れてしまったら、自分一人で仕事ができるだろうか。

気がつくと、酒屋を通り過ぎていた。

そうじゃない。今はそちらは考えないこと。自分に言い聞かせて、彼女は引き返した。

缶ビールが重かった。買いすぎたかもしれない。二回ほど、荷物を地面に置いて休憩をした。マンションのエレベータに乗ったときには、大きく深呼吸をした。汗をかいている。どうしよう、シャワーを浴びようか。そんな時間があるだろうか。

「小川さん、危機一髪だわ」と呟いていた。

2

カルパッチョとサラダの準備をし、このほか、揚げ物の下準備もした。まだ六時半だ。大丈夫、シャワーを浴びよう。

急いで、バスルームへ。

熱いお湯でまた溜息をついた。どんなことを話せば良いかな、と考える。まあ、考えたところで、そのまま話せるわけではないから、無駄だ。やめておこう。

どうしてこんなにうきうきしているのか、自分でも不思議だ。

そうだ、ナオミさんの話をしなければ。あと、野村刑事に会ったことは、話した方が良いだろう。もちろん、調査の途中報告も。それに、真鍋の動向とかも……。

それよりも、美術品の鑑定には、どんな勉強をすれば良いのか、それを聞かなければ。いろいろな分野がありそうだから、どの分野に進出するのが得策かも。

そもそも、椙田はどうして、そんな道に入ったのだろう。過去の話をほとんど聞いたことがない。若いときからこの仕事をしていたのだろうか。そのあたりは、きっと質問しても話してはくれないだろう。そんな気がする。

バスルームから出て、鏡の前でドライアをかけていたら、電話がかかってきた。

「誰だ、こんな時間に」と言いながら電話を取ると真鍋からだ。「お前か！」

「もしもし、真鍋ですけど」

「何？」

「わ、怒ってますね」

「ちょっと、取り込んでいて。大事な話？」

「いえ、そんな大事なことじゃありません。どうでも良い話です」

「じゃあ、明日聞くね」

「わぁ、そんなぁ……、小川さん、どこにいるんですか？」

「どこにもいない。切るよ」

「ちょっと、話がしたいんですけど、行っちゃ駄目ですか？」

「どこへ？」

「小川さんの家ですよ」

「駄目」

「駄目ですか……」

「絶対に駄目。来ても、ドア開けないから」

「そうですか……。つまり、家にはいるんですね」

「切るよ」

「気合い入っていますね」

「切るから」

「はぁい」

電話を切った。

わざとかけてきたな、と思った。しかし、髪を乾かしたあと、化粧をしているうちに、少し気が収まった。もしかして、悩みを聞いてほしいというサインだったのかもしれない。自分と違って、彼はまだ若い。青春といっても良い年齢ではないか。冷たくしすぎてしまったかもしれない。

どちらにしても、後味の悪い奴だ。

そんなことは後回し。

化粧をし終わり、用意してあった服を着た。これは昨夜既に決めたものだ。なにごとも大事なのは準備である。自分は特に、臨機応変な対応力に欠けている。その分、事前に考えて準備をしておくタイプなのだ。だいたい、根は慌て者だし、緊張するし、上がってしまうし、パニックになりやすい。自信がないし、心配性だし、落ち着きがない。こんなふうだから、これまでずっと……。

うだうだ考えている場合か！

鏡の中の自分を睨みつけてやった。

顔をチェックする。

よおし。

キッチンに戻り、料理の準備をする。時計を確かめると、七時半だった。あと三十分か。しかし、椙田は、たいていは遅れてくる。きっと、八時くらいに、あと三十分かかりそうだ、と電話をかけてくるだろう。慌てて準備をしたら、料理が冷めてしまう可能性もある。彼が来て、ビールかシャンパンを飲んでもらい、サラダを摘《つま》んでもらっている間に、ささっと手際良く料理をする方が、むしろ株が上がるのではないだろうか。

なにか奇妙な音がした。

バスルームだ。電話が振動しているのだ。

大慌てで、電話まで駆けつける。モニタを見る暇もなく、手に取った。

「小川です」

「ああ、僕だけどね」相田の声だった。

びっくりして、また時計を見る。まだ七時半。

「もしもし、聞こえる？」

「あ、はい、聞こえています」

「ちょっと、早く着いちゃってね。今、タクシーを降りたんだけれど、上がっていって良いかな？」

「はい。もちろん、大丈夫です」

「じゃあ……」

えっと、えっと……、何をすれば良いのかな。

また時計を見る。見ても時間が止まるわけではない。

リビングに戻り、テーブルの上を確かめる。グラスは、まだ出していない。ビールは冷えただろうか。

チャイムが鳴った。

返事をして、ドアへ。

「こんばんは」小川は挨拶をする。

「悪いね。早すぎた」

「そんなことありません」

驚いたことに、相田は、花束を持っていた。

予想外だ。それを受け取って、言葉が出てこない。

しかし、なんとか礼を言う。

薔薇《ばら》だったので、「薔薇ですね」と馬鹿なことを言ってしまう。

花を入れるものがあったっけ？　そう考えながら、小川は、スリッパを出した。

とりあえず、リビングのソファに座ってもらう。

「準備中でしょう？　テレビでも見てるから」相田は脚を組んでいる。

「いえ、大丈夫です。何を飲まれますか？　ビールですか、それともシャンパン、えっと、ワインもあります」

「なんでも」相田は答える。

テレビは日頃は見ない。プラグも抜いてある。慌てて裏側を探して、コンセントに差入れ、スイッチをつけた。ニュースが見たいのだろう。

「その二股は、君が買ったもの？」

「フタマタ？　何のことですか？」相田がきいた。

「だから、そのコンセントの二股」

「あ、これですか？」小川はたった今、プラグを差し入れたところを指差した。「えっと、これは、はい、誰が買ったかは忘れましたけれど、前のときから持ってきたものです。もう長く使っています。タイプが古いですか？」

「いや、そうじゃなくて、そういうのに、盗聴器が仕掛けられているんだよ」

「あ、なんか、聞いたことがあります」

「聞いたことがあるじゃあ、困るな。小川さん、何の仕事しているの？」

「そうですね、すいません」

「日頃から、そういうのに気をつけていないと」

「はい。わかりました」

キッチンに立ったが、もう意気消沈である。泣きたくなっていた。

椙田には、ビールを出した。自分もグラスに注いで、最初の一口は、乾杯をして一緒に飲んだ。カルパッチョとサラダには、オイルとドレッシングをかけてからテーブルへ運んだ。

「うわぁ、こんなの作ったんだ」椙田は驚いてくれた。「そんなつもりじゃなかったのに。いや、気を遣《つか》わせて、申し訳ない」

「まだあります。今から作ります」彼女は、椙田のグラスにビールを注いだ。「あと、十五分で終わりますから」

キッチンに戻り、気を取り直して、料理を始める。落ち込みやすいタイプではあるものの、気持ちを切り換えるのは得意だ。そうそう、そこが自分の長所だろう。そんなことを考えながら、コンロに火をつけた。

幸いトラブルはなく、火事にもならず、焦がすこともなく、床に落としたりもせず、揚げ物が無事に出来上がり、すべての料理がテーブルに出揃った。シャンパンも出して、栓《せん》を抜いた。別のグラスにそちらも注ぎ入れる。彼女自身が、シャンパンが飲みたかったのだ。

「美味《うま》いなあ」椙田は、料理を食べながら言った。「君はさ、良い奥さんになれるよ。早く結婚したら？」

「セクハラだと思います」微笑みながら、小川は返す。

「そう、最近、そんな当たり前のことが言えなくなったんだ。不思議だね。もちろん、僕だって、君以外には言わないけれど」

「誰か、良い方がいらっしゃったら、是非紹介して下さい」

「どんな人が好み？」

「そうですね。安定した仕事の人」

「収入は少なくても良い？」

「多い方が良いです」

「ま、誰だって、そう言う」椙田は笑った。「僕の知合いは、たいてい、収入は多いけれど、残念ながら、安定した仕事の奴はいない。危ない奴ばかりだ。いつ警察に引っ張られるかわからない」

「それは困ります」

ニュースが終わったので、椙田はテレビをリモコンで消した。話をしたいということだろう。小川は、野村刑事に会ったこと、それから、詐欺師の本名が判明したことを話した。

「そこまで行ったら、すぐに見つかる。というか、あとは警察の仕事だ」椙田は言った。「むしろ、調査費があまり請求できなくなってしまう」

「依頼人が可哀相なので、調査費は安い方が良いと思っています」

「というと？　ああ、同情したの？」

「はい。仕事なので割り切りたいとは思いますが」

「三人も一度に騙したなんて、手慣れている。酷い奴だ」

「警察から、情報がもらえると良いのですが」

「本名を教えてやったら、むこうは自分の手柄にするだろうけれど、でも、そういうので貸しを作っておくのが、あとあと効いてくる」

「はい」小川は頷いた。そうだろうと思っていた。少し嬉しい。

「もう、何年やっている？」

「五年くらいですね」

「君とは、もう少し親しくなりそうな気がしたんだ、最初に会ったときにはね」

「え？」椙田が、突然話題を変えたので、小川は思わずグラスをテーブルに戻し、背筋を正した。

「いや、誤解しないでほしい。いや、違うな。誤解ではないかもしれない。とにかく、あまり、その、親しくならなかったことが、君にとっては良かったと思うんだ。僕としては、それだけ、うーん、なんていうのかな、格好つけてるわけじゃないけれど、君を大事に扱ったつもりなんだ」

「大事に扱った？」小川は言葉を繰り返す。

大事に扱われなかったら、どうなっていたのだろうか？

「どうして大事に扱ったのですか？」彼女はきいた。

「それはね……、今まで言わなかったけれど、いや、ずっと言わない方が良いね。それが、大事に扱ったという意味なんだから」

「教えて下さい。大事に扱われなくてもけっこうですから」

「際どいことを言うな」椙田は笑った。「もうアルコールが回っているのかな?」

「いえ、そんなことはありません。大丈夫です」

「まあ、君も子供じゃないし。そうだね、この機会だから話そう。僕、実は……」

「泥棒だとか言わないで下さいよ」小川は笑った。

「いや、僕自身のことではなくてね、僕、彼のことをよく知っていた。親友だった」

「誰のことですか?」

「そこにある、そのアンプを作った奴だよ」椙田は指差した。

「え?」

あまりにも意外な話の展開で、小川はパニックになりそうだった。

そのオーディオアンプは、以前の仕事のパートナから譲り受けたものだ。彼が死んだときにである。彼の遺書に、どれでも好きなものを一つ小川令子に譲る、と書かれていたからだ。

彼女は、そのアンプを選んだ。彼は、オーディオマニアで、何千万円もするアンプを幾つも持っていたのだが、彼女は、その自作のアンプを選んだ。彼が作ったものだし、それに音も一番好みだったから。

相田と知り合ったのは、彼の遺産相続の会合のとき。相田は、美術品の鑑定のために訪れていたのだ。今まで、彼との繋がりを考えたことはなかった。しかし、知合いだから呼ばれていたのだ。

「そうだったんですか。じゃあ、もしかして、以前から私のことを知っていたのですか？」

「会ったことはないよね。でも、話は聞いていた。優秀な人だって。自分に万が一のことがあったら彼女を頼む、と言われていた」

「嘘！」小川は叫んだ。「嘘です、そんなの」

「しかし、なにしろ、泥棒みたいな怪しい商売しかしていないからね。頼むと言われても、何をどうすれば良いのかわからない。正直、困ったよ。君は、彼の会社の跡を継ぐことができたはずだ。内情をよく知っていたし、会社も君を必要としていた。かなりのポストを用意していたはずだ」

「社長にって、言われました」小川は話した。それを相田に話すのは初めてだ。もう頬が濡《ぬ》れていた。

「それを断って、しがない探偵事務所に？」

「だって、どうせ一時のことです。一時的に社長の椅子に座らせて、引き継ぎがいろいろできたところで、お払い箱になるのは、わかっていました」

「それでもさ、一年でも座っていられたら、大金が手に入っただろう？」

「その分、嫌な思いをしないといけません。会社に残っているのがどんな人たちか、よく知っていました。私には、その選択はありませんでした」

「なるほどね……。ということを、彼も予測していたんだ」

「本当ですか？」

「そのアンプを君が選ぶことも、予測していただろう」もう一度、椙田は指をさした。「だから、それだけは、絶対に手放さないこと。いいね？」

「手放すわけありません！」小川は声が大きくなっていた。それに気づいて、口に手を当てた。「ごめんなさい。はい、これは、私の宝物です」

「そういう理由があって、僕は、君を大事に扱ったということです」椙田は言った。

「わかってもらえたかな？」

「まだ、よくわかりません」

チャイムが鳴った。

小川は、立ち上がった。誰だろう。頭が回転する。

真鍋だ。あいつ……。

「放っておきましょう」小川は、再び膝を折り、椙田に言った。「大事なお話ですから」

「いや、もう話は終わったから、出たら？」椙田が言う。

そう言われると、出ないわけにもいかない。

ドアのレンズから覗いてみると、そこに立っているのは、予想どおり、真鍋だった。チェーンをしたまま、少しだけ開ける。

「来ないでって、言ったでしょう？」

「椙田さんがいるんでしょう？」

「さあ、誰がいても関係ない。プライベートです」

「怒らないで下さいよ」

「もう……」

「お、真鍋か」奥から、椙田が出てくる。「何の用だ？　鼻が利くな」

しかたがない。真鍋を部屋に入れた。真鍋はいろいろ話しかけたが、無視して黙っていた。彼にも缶ビールを出したところで、電話がかかってきた。もう、今日はいったい何の日だ。

モニタを見ると、野村刑事である。そうか、詐欺を扱う部署の刑事を紹介してくれるってことかな。

「もしもし、小川です」

「あ、小川さん。野村です。どうも……」

「はい。お世話になっております」

「あのね。鳥井信二の免許証を持った男が殺されているんです」

「は？」

「もしもし、聞こえますか？」

「殺されているって、どういうことですか？」

「とにかく、身許が確認できる人を探していまして」

「あの、殺されているって、いつのことですか？」

「発見されたばかりなんですよ。まだ、死んだとも決まっていません。これから病院へ送ります。まず、無理ですけれどね」

「誰に殺されたんですか？」

「それは、これから……」

3

真鍋と二人でタクシーに乗り、現場へ向かうことになった。時刻は八時十五分。出かけるときに、真鍋は唐揚げを口に沢山詰め込んでいた。椙田は、じゃあ、僕は帰るから、とあっさり出ていってしまった。積み木崩しみたいに、せっかくのものが壊れてしまったような印象を小川は受けたが、しかし、目の前の現実から目を背《そむ》けるわけにはいかないだろう。

到着したのは、ビルが建ち並ぶ都心だった。しかし、その谷間ともいえる場所に、赤い回転灯がゴーストのように集まっていた。

小川と真鍋は、少し離れたところでタクシーを降り、百メートルほどを歩いた。アスファルトの道路は上り坂になっていて、片側は急な石垣だった。道はカーブしていたので、上っていくうちに具体的なものが見えてくる。三人の警官が立っている場所まで来た。この先は立入り禁止のようだ。

「野村刑事に呼ばれて来ました。関係者です」小川は説明する。

警官の一人が、奥へ走っていく。立入り禁止区間の手前には、野次馬が十数名集まり、その多くが写真を撮ろうとしていた。しばらく待っていると、警官が戻ってきて、小川たちを案内してくれた。

現場は、路上だった。こんな場所で、と小川は思う。予想外だ。ライトに照らし出されている。まだ、警官も数が揃っていない様子で、照らされた場所にいる人数は多くはない。それよりも、近辺の様子を見にいっているのだろう。何人か集まっている中に野村の姿を見つけることができた。むこうも小川に気づいたので、近くへ歩いた。

「まだ、私たちも中に入れない。鑑識待ちです」野村が言った。「今のうちに、病院へ行きましょう。すぐそこです」指を差したが、どこなのかはわからない。

既に、被害者は救急車で運ばれたようだ。

野村と一緒に道を戻り、駐車してあったパトカーに乗った。若い警官が運転をしてくれる。後部座席に、小川と真鍋が座った。

「そちらは？」野村が振り返ってきいた。「前に、会ったことがあるね」

「はい。バイトの真鍋です」真鍋が自己紹介する。

「被害者を見てもらうのが良いと思う」野村は言った。

「私は、写真でしか知りません」

「もっと、確実にわかるという人は？」

「何人かいます。詐欺に遭った三人。それから、仕事仲間の人とか……」

「それ、あとで教えて下さい」野村が言う。

「どうやって殺されたのですか？」小川はきいた。

「頭を殴られたんだね。近くに鉄パイプが落ちていた。後ろから殴られたんじゃないかな。一回じゃない。頭以外にも当たっている。何度も振り下ろした。財布もカードもなくなっていない。つまり……、怨恨《えんこん》だね」

「目撃者は？」

「近くにはいなかった。しかし、女性が走っていくのを見た人がいる。カメラにも写っているかもしれません。女が叫ぶような声を、あの道路沿いの家で聞いている。現場のすぐ目の前です」

「女性が、鉄パイプを？」小川は言った。

「うん……、まあ、このご時世だからね」

どういうご時世なんだ、と小川は思った。女性が強くなった、という意味だろうか。だとしたら、かなり古い感覚といえるが。

十分ほどで病院に到着し、静まり返った通路を足早に奥へ歩いた。数人の警官がいて、別の刑事も待っていた。その刑事は、野村に無言で首をふった。

部屋の中へ案内される。白い壁が、白い蛍光灯《けいこうとう》で照らされ眩《まぶ》しいくらい明るかった。衝立《ついたて》の手前に医師らしき人物がいたが、立ったまま背中を丸め、テーブルでなにか書類を書いている。近づくと、そのままの姿勢でこちらをじっと見た。衝立を迂回《うかい》して、中に入る。診察台の上に、それはあった。

上半身は裸である。

赤い血と黒ずんだ血。

飛び散った血。

こびりついている血。

捲《めく》れた皮膚。

陥没した皮膚。

ほとんどは色が変わっていた。

紫色と灰色と黄土色か。

顔を見た。片方の眼球は、潰れているのか、あるべき場所になかった。

恐ろしいとしかいいようのない顔だった。

それでも、息を止めて、じっと凝視する。

「いかがですか?」野村がきく。

「これじゃあ、わかりません」小川は答えた。

「でしょうね」野村は頷く。

立ち尽くしていた。顔から目を逸らし、手、そして足を見た。

そして、もう一度頭を見る。

髪は少し長めだ。長身で、痩《や》せ形《がた》。肋骨《ろっこつ》がわかる。

死んでいるのだ。

小川はそこで目を瞑《つむ》った。

もう見たくない。彼女は後退する。

肩を押される。

「大丈夫ですか?」その声は真鍋だった。「小川さん、出ましょう」

彼女は頷く。立ち眩みだろうか、一瞬の浮遊感。

目を開けても、真っ白の部屋。

あとは、目を開けられなかった。瞑ったまま、彼に手を引かれて部屋から出た。息も止めていたかもしれない。苦しくなって、急いで呼吸を繰り返す。

「見るんじゃなかった」彼女は呟いた。「ああ……、酷い」

「そうですね」

「君、大丈夫なの？」真鍋の顔を見る。

「ええ、ホラーのゲームとかやっていますから。ゲームだと思えば」

「思えないでしょう」思わず、声を上げたが、そのおかげで、すこし血が回ったのか、血圧が戻った感じがした。

中で話し声が聞こえる。野村が医師と話しているようだ。その野村が、ドアを開けて通路に出てきた。手帳を広げている。

「大丈夫ですか？」小川にきいた。彼女が頷くと、また手帳を見る。「本人確認ができる人を教えて下さい」

まず、ホストクラブもどきで働いている前山登、それから、モデルの津村路代を挙げた。この二人は連絡がつけやすいだろう、と思ったからだ。

「あとは、繁本さんという方で、安藤さんと一緒に上京しています。明日、東京を発つと話していました。あ、そうだ、たぶん、今頃、安藤さん、繁本さん、それに津村さんの三人は、どこかで一緒に食事をしているはずです。私、それに誘われたんです」

「どうしてですか？」

「私のことを、彼に騙された被害者だと思っているからです。私が探偵だとは知りません」

「小川さんの依頼人の女性は？　名前は何といいますか？」

「申し訳ありません。それは明かせません」

「そうですか。しかたありませんね」

「あの、安藤さんに電話をかけてみましょうか？」

「そうですね、お願いします」

小川は、電話をかけた。真鍋がじっと見つめているので、少し微笑み返した。もう大丈夫だ、という意味である。

「あ、もしもし、小川です」

「小川さん、もしかして、来られるようになった？　今からでも大丈夫だよ」安藤の明るい声である。

「ごめんなさい、そうじゃないんです。実は、鳥坂さんと思われる人が、亡くなっているのが見つかったんです」

「え？」

「今、警察の方と一緒に、病院へ来ているんですけど、私が見ても、しっかりとはわかりませんでした。ただ、免許証には本名があって、その本名は、今日、私が彼の大学で確認した名前と一致します」

「ちょっと待って……、死んでるって、何？　もしかして交通事故？」

「とにかく、こちらへ来ていただけないでしょうか」

「今から？」

小川は、野村を見た。電話を代わることにした。

「あの、警察の人と代わりますね」小川は電話を野村に手渡した。

野村が、ジェントルな発声で安藤と話し始める。小川は少し離れたところへ歩いた。真鍋があとをついてくる。

「小川さん、どこかに座った方が良いですよ」

「大丈夫。アルコールを飲んだからね」きっと、顔色が悪いのだろう、と小川は想像した。

「ああ……、中途半端だったから？」

「そうだと思う」

「だったら、良いですけれど。もう、僕たちにできることはないから、帰っても良いのでは？」

「そうだね」小川は頷いた。

警察もまだ捜査を本格的に始めていない。目撃者もいるし、カメラにも残っているはず。犯人は簡単に捕まえられる、と野村は考えているだろう。

その野村が、小川の電話を返しにきた。

「安藤さん、こちらへ来るそうです。どうもありがとうございます」野村は言った。

「私たちは、もう帰ってもよろしいでしょうか？」

「もちろん、けっこうです」

「なにかわかったら、教えていただけると嬉しいのですけれど」

「教えられることなら」

「あ、それから、安藤さんたちには、私が探偵だって言わないで下さい。依頼人の存在がばれるのは不都合です。誤解されたままの方が良いので……」

「貴女のことは話しませんよ」

野村は、そこに残るようだった。小川と真鍋はひっそりとしたロビィを通り、病院の正面玄関に出た。ちょうど、タクシーが一台駐まっていたので、それに乗り込んだ。

「ああ、嫌なものを見た」小川は溜息をついた。「せっかくの夜が台無し」

横にいる真鍋がこちらを向いた。なにか嫌味を言うだろうと思っていたのだが、彼は黙っていた。少しは大人になったか、と思う。

家に到着するまで、彼女はシートにもたれ、目を瞑っていた。

4

真鍋も一緒にタクシーを降りた。マンションのホールまで来て、初めて彼の存在に気づく。

「あれ、どうしてついてくるの?」

「いえ、ですから、もともと小川さんのところへ来たんですよ、僕は」

「偉そうなこと言って」小川は舌打ちする。「椙田さんがいなかったら、絶対に入れなかったよ」

「そうですか、逆でしょう?」

逆って何だ? 椙田がいたから入れなかった、ということか。そうだ、そのとおりだ。もう一度、舌が鳴った。

「飲み直しましょう」真鍋が言った。

しかたがないので、そのまま部屋へ上がった。エアコンがつきっぱなしで、部屋は暖かい。テーブルには料理が残っている。グラスも、シャンパンもそのままだった。片づける余裕などなかったのだ。

真鍋は、ソファではなく、クッションに腰を下ろした。小川は、冷蔵庫から、缶ビールを二つ取り出し、一つを真鍋に渡し、自分はソファに座った。ビールを喉に通すと、急に体温が戻った心地になった。

「そういえば、小川さん、化粧ばっちりですね」

「なんだとぅ」

「いえ、元気でなによりです」真鍋は微笑んだ。「とにかく、急展開じゃないですか。結婚詐欺が殺人事件になってしまった」

「そう……、あぁあ、頭が痛いわぁ」小川は大きく溜息をついた。缶ビールを傾け、喉に通す。勢いで、一気に半分ほど飲んでしまった。「はぁぁ、どうなっているんだ、まったく」

「ま、一番考えられるのは、詐欺の被害に遭った女性が、恨みで彼を襲った、といったところでしょうか」真鍋が棒読みの台詞《せりふ》みたいに言った。彼は、残った料理を頰張っている。「刑事さんも言っていたじゃないですか、怨恨だって」

「鉄パイプを振り回すっていうのがさ、女性らしくないと思わない?」

「何だったら、女性らしいですか?」

「たとえば、ナイフとか」

「ナイフでは殺せないと思ったかも」

「鉄パイプって、簡単に手に入るもの?」

「ホームセンタで売っています。三百円くらいじゃないかな」

「そうなんだ。でも、変じゃない? 被害者ならば、鳥坂さんの行方を知らないはず、えっと、鳥井さんか」

「そうですね。たまたま見つけたとも思えませんね、鉄パイプを買って、待伏せしていたみたいですから」

「あの近くに、彼は住んでいるのかな? それを事前に見つけた。それで、鉄パイプを用意して、犯行に及んだ」

「どうやって見つけたんでしょう?」真鍋がきいた。「探偵を雇ったのかな」

「あ、それは、あるかも。でも、それよりも、上村さんたちよりも以前に詐欺に遭っていた被害者かもしれない」

「昔の怨恨ですか……。それだったら、見つける時間がありますね。小川さんは、アリバイがあって良かったですね」

「は？　何言っているの」

「いえ、安藤さんたちは、集まっていたんでしょう？」

「ああ、そういうことか……。そうか、津村さんと繁本さんは、犯人じゃないわけだ」

「そうなると、残るは、上村さん」

「いえ、上村さんは、だって、彼がどこにいるのか知らないわけじゃない。今日、報告したところだし、あのときは、まだ本名もわかっていなかったんだから」

「こういうトリックも考えられますよ」真鍋は人差し指を立てた。「上村さんは、小川さんに依頼するまえに、優秀な探偵を雇って、鳥井さんの居場所を突き止めていたんです。でも、もう一度、あまり優秀そうには見えない探偵事務所に依頼をした。その途中で、殺害をする計画だった」

「馬鹿馬鹿しい」小川は笑った。「そんな小細工をしても、その、前の探偵が事実をばらしたら、お終《しま》いじゃない」

「それは、探偵の倫理に関わりますね」

「黙っているってこと？　ありえないでしょう。殺人が起こったのに」

「復讐するのは正義だ、という価値観の人かもしれません」

「それよりは、街を歩いていて、たまたま彼を発見して、居場所を突き止めた、という方がありえると思う」

「確率が低すぎますよ。東京で特定の個人に出会うなんてありえませんよ。それ以前に、探偵を雇って解決しようとしている人が、殺人で解決しようとは考えないでしょうね」

「そうそう、私が言いたいのはそれだ。上村さんは、そんな人には見えないってこと」

「ですから、僕が話した仮説の上村さんと、今小川さんが言った仮説の中の上村さんは、人格が違うんです。性格も違う。混同しないで下さい」

小川は少し考えて、真鍋が言っていることが正しいと理解した。そのとおりだ。

「ビール、お代わりしていいですか？」

「どうぞ、ご勝手に」

「では、いただきます」真鍋は立ち上がって、冷蔵庫へ行った。「というか、上村さんに会わせてほしいって、じきに警察が言ってくると思いますよ」真鍋は戻ってきて、ビールの栓を開けた。「そうしたら、どうします？」

「上村さんに相談するしかないでしょう」

「上村さんが、警察には会いたくないって言ったら？」

「説得はする。でも、どうしても駄目なら、警察には教えられない」

「うちの調査は打ち切りですね。手付金だけ。あと、二日分の経費くらいは請求できますか」

「そうなるね」

「やってられませんね」

「君が言うことじゃないでしょ」

「ときどき、こうやって、小川さんの元気を出してあげているの、知ってました？」

「知りません」小川は、ビールを最後まで飲んだ。すぐに立ち上がり、冷蔵庫へ行く。新しい缶ビールを開けながら戻ってきた。

しかし、そういえば、頭痛も消えている。アルコールのおかげか、それとも真鍋の減らず口のおかげだろうか。

「明日は土曜日か」小川は呟く。冷たいビールを喉にまた通した。「困ったなあ、R大の指導教官とか同級生に連絡をとろうと思っていたのに、ご破算だよね」

「ご破算ですね」真鍋が言う。

「ようし、じゃあ、話題を変えよう」小川は姿勢を正す。

「え、何ですか？」真鍋も背筋を伸ばした。

「何のために、ここへ来たの。なにか、聞いてほしい話があったんでしょう？　言いなさい。聞いてあげるから」

「なんか、もうどうでも良くなっちゃいましたよ」真鍋はそう言うと欠伸《あくび》をした。

「こうやって、事件のことをああでもないこうでもないって、小川さんと話すのが楽しくて、ああ、これが僕の青春だったんだなって、今わかりました。だから、うーん」

「だから、何なの？」

「だから、もう充分かなって。あの、大学で一番よく話をする先生のところへ、今日行ってきたんです。中退して、どこかへ就職をしたいって。そうしたら、先生が顧問をしている、映像制作の会社でしばらく働いてみるかって、誘われました」

「あらら、急展開じゃない。そんな美味い話ってあるの？」

「まあ、その先生、僕の知られざる能力を知っているんですね、きっと」

「おお、何なの、その自信」

「己を知る者は百戦錬磨《ひゃくせんれんま》って言うじゃないですか」

「なんか、それ違うと思う。それより、それで、先生にどう答えたの？」

「月曜日に返事をしますって言いました。いちおう、精神的保護者である小川さんに承諾を得ないといけませんからね」

「私？　違うでしょう。ご両親に相談しなくちゃ」

「いえ、そっちは良いんです。僕もう大人ですから」真鍋は微笑んだ。「小川さんの助手ができなくなりますけれど、良いですか？」

「いつから？　四月から？」

「三月からです。そういう話になりました。なんか、三月から、仕事が忙しくなるって」

「そう……」小川は頷いた。「それは、ちょっと、正直、寂しいわね。でも、君の将来のためだもの。真鍋君が決断したなら、なにも言うことはない。でも、たまには、遊びにこられるんでしょう？」

「さあ、どうでしょう。忙しい業界ですからね」

「何をするの？　アニメとかを作るの？」

「ええ、そういうのもあると思います。もし、忙しすぎて、もう駄目だってなったら、またすっと戻ってきますから」

「そんな、当てにしてもらったら困る。こちらの方が存続が難しいんだから」

「うちに比べたら、たいていの仕事はブラックですよね」

「そう？　私はけっこうぎりぎりのような気がしていたけれど。君はバイトだったから、のんびり気分でやっていられたのか」

「ぎりぎりには見えませんでしたけれど」

「そうか……、真鍋君も永田さんもいなくなるのかぁ」小川は溜息をついた。「どうしよう。やっていけるかな、私」

「正直に言うと、僕は小川さんが一番心配です」真鍋は言った。珍しく真剣な表情だった。

「ありがとう」小川は言った。「私も、正直、私が一番心配」

「若いときのようにはいかないと思います」

「何、それ……」

「いえ、本当の話、四十を越えて、五十に近づくと、がっくり来るって言いますよ」

「五十って、まだだいぶさきです」

「さきのことを考えないと」真鍋は言った。「結婚もした方が良いのでは？　相手はいないみたいですけれど」

「心配しないでくれる？」

「椙田さんからも言われたでしょう？」

「え？」

「言われたんですね。やっぱり心配なんですよ、椙田さんも」

「次のビールは出さないよ」

「椙田さんとは、駄目だったんですか？」

「は？　駄目もなにも、初めから無関係ですから」

「本当に？　へえ、そうなのか。永田さんは、絶対にできてるって言ってましたけれど、僕は、いや、そんなことはないよって、話していたんです。僕の勝ちですね」

「勝ちって何？　賭《か》けたの？」

「お金は賭けませんけれど」

「もう、怒る気にもならないわ」

「じゃあ……」真鍋は二本めの缶ビールを口につけて傾けた。「もう話すことは話しましたから、はい。これで帰ります。ごちそうさまでした」姿勢を正して、お辞儀をした。

小川は、時計を見る。もうすぐ十一時だった。

「タクシー代、出してあげる」彼女は言った。

「いえ、大丈夫です。まだ電車があります」

真鍋が出ていって、ドアを閉めた途端、部屋の静けさが、スピーカのノイズみたいに聞こえた。きょろきょろと辺りを見回し、どこかの蛍光灯が異音を発しているのではないか、と疑ったほどだった。

アルコールが足りないのだろうか、と思ったものの、もう飲むのはやめることにする。

顔を洗い、リビングのテーブルの上を片づけたが、食器を洗うのは明日の仕事にした。そのまま、ソファに座った。肘掛け《ひじか》に頭を乗せ、脚も反対側に乗せて横たわった。

いろいろなことがあったな、と思う。

殺された男の顔を見たし、椙田の昔話にも驚いた。

昔話といえるほどになったか……。

五年ちょっとになる。

五年にしては、成長していないな、と思った。若いときは、五年あれば、見違えるほど自分を変えられたものだ。人間というのは、歳を取るほど、成長が苦手になるということかもしれない。それは、たしかにそのとおりだ。成長どころか衰えてくる。

たまたま若い頃は、仕事も環境も時代も、そして自分も、なにもかもタイミングが良かった。成長できたし、自信も持てた。今思い出しても、あの時期は輝かしい。それがどうだろう。転職して、今の仕事では、どうも空回りが多い。一所懸命やっているつもりだが、発展的な手応えがなかなか得られない。自分には向いていないのだろうか？

もともと椙田は、自分の秘書にならないか、と誘ったのだ。小川としては、それが自分の得意分野だと思ったので承諾した。ところが、彼の事務所での仕事は、椙田のサポートとはいいがたい。椙田が滅多にいないのだから、彼を補助することもできない。仕事の大部分は、完全に小川に任されている。そのあたりが、多少見当が外れた部分ではあった。

否、人のせいにしてはいけない。

やはり、まだまだ能力不足。それに尽きる。

まずは、今の仕事をきっちりと片づけなくては……。

鳥井信二の死は、どれくらいのニュースになるのかわからない。しかも、上村や安藤たちは、その本名を知らないわけだから、ニュースを万が一聞いても、気づかないだろう。小川が知らせなければ、そうなっていたはずだ。

上村に彼の死を連絡するのは、明日か、それとも週明けの月曜日か。おそらく、彼女には、大きなショックといえるだろう。知らせるのは、事件の詳しい情報を得てからの方が良いかもしれない。すぐにでもメールで知らせるか、と端末のモニタを見たところだったが、小川は考え直した。

それに、真鍋が話していた仮説も、もちろん気になる。絶対にそんな可能性はない、といえるだろうか。

彼は、いつも突飛なことを思いつくのだ。一番ありえない可能性から考える傾向があるように思う。探偵を二人雇って、偽装をするような価値があるとは考えられない。リスクが大きすぎる。

ただ、そういう突飛なことを考えてはいけない、というのではない。考えないよりは考えた方が良い。それを思いつかないことが危険なのだ。真鍋から学んだのは、その点である。これまで何度も真鍋に助けられている小川なのだ。

5

翌日、小川は七時に目が覚めた。東の空が赤く染まっている。太陽は、向かいのビルで見えない。外は寒そうだった。

トーストと紅茶で簡単に朝食を済ませてから、小川は家を出た。目的地は、昨日の殺人現場である。

地下鉄の駅から地上へ出たところで、野村に電話をかけた。近くまで来ているのですが、お邪魔《じゃま》をしてもよろしいですか、と尋ねると、ええ、どうぞ、という返答だった。

坂道を上っていき、現場が近づいてくると、昨夜と同じ場所で、通行止めになっていた。黄色い規制線のテープも張られている。カメラを持っているマスコミ関係らしき人間が二人いたし、立ち話をしている人が五人いたが、詰めかけているといった雰囲気ではない。マスコミ的には、さほど大きな事件ではない、という反応なのだろうか。

警官には、野村刑事に会いにきた、と告げる。中に入る許可を得て、さらに近づいた。警察関係と思われる車両が十数台、道路脇にずらりと駐車されていた。現場近くでは大勢が屈み込んで、地面を睨んでいる。方々にプレートが立ち、写真を撮っている。

ようやく、野村を見つける。むこうも気づいて、小川の方へ歩いてきた。

「おはようございます。野村さん、徹夜ですか？」小川はきいた。

「いや、車で二時間くらい寝ましたよ。忙しくなるのは、これからです」

「あの、これを」小川は、電車の中で書いたメモを手渡した。

R大学の小谷野助教、そして、彼が紹介してくれた指導教官と、鳥井の同級生だった二人のOBの名と、連絡先だった。

「鳥井さんの調査で、会って話を聞こうと思っていた人たちです。ホストクラブもどきの前山登さんから、あ、彼は、鳥井さんの後輩なんです、それで、鳥井さんが野球部だったことを教えてくれたので、R大で小谷野先生にお会いして、あとの三人を鳥井さんの知合いだと教えてもらったんです。この三人には、私はまだ会っていません。明日にも会うつもりでいました」

「助かります」野村は、軽く頭を下げた。「そう、昨日、安藤さん、繁本さん、それから、えっと、モデルの……」

「津村さん」

「その三人にもお会いしました、病院で」

「彼女たちに、被害者を見てもらったのですか？」

「もちろんです」

「それは、また、お気の毒に」

「ええ。血の気が引いたっておっしゃっていました」野村は口を歪《ゆが》める。「被害者《ガイシャ》を知っているのは、繁本さんと津村さんで、いずれも、本人だと思う、と証言されました。安藤さんは、本人を知らないのに、見たいとおっしゃって。あの人は、結婚詐欺の本を書くつもりだそうです」

「ええ、そう聞きました」

「アナウンサだそうですね。彼女と繁本さんは、予定どおり、今日東京を発たれるそうです」

「なにか、ほかにわかりましたか？」

「うーん、まだ、これからですよ。今朝から、近所の聞き込みを始めています。犯人は、この坂を下っていって、駅の方へ行ったようです。コンビニのカメラが捉《とら》えていると思います」

「鳥井さんは、どうしてここを歩いていたのですか？」

「まだ、はっきりとはわかっていませんが、あそこのアパート」野村は振り返って指を差した。「あそこに、部屋を借りていたんじゃないかと考えられます」

「どうして、それがわかったんですか？」

「いえ、わかっていません。目の前の家の人が……、その人、女の叫び声を聞いているんですが、その人が、この男性は、あのアパートの人だ、と証言しているんです。アパートのどの部屋かはわからないけれど、そこを出入りするのを何度か見かけたと話しているんです」

「表札は?」

「現在、不在なのは、二軒ですが、山田《やまだ》と、えっと、桐谷ですね」

「あ、桐谷というのは、鳥井さんの、バイト先での名前です」

「え、本当ですか」

「前山さんには、まだ会えていないのですか?」小川はきいた。

「ええ、まだ捕まりません。バイトはお休みで、週末はどこかへ出かけると話していたそうです」

「ホストクラブもどきで、桐谷と名乗っていたようです。津村さんが知っているかもしれません」

「なるほど、わかりました。アパートの大家に連絡がついたら、部屋の中の捜索ができます」

「死因は、特定されましたか?」

「いえ、詳しい検査はまだこれからです。ただ、殴り殺されたのは明らかですよ。少なくとも三回頭に当たっている。肩にも、それから防御したのか、腕にも傷がありま す。どこかに隠れていて、いきなり襲ったんでしょう。被害者は、逃げようとしました。最初は、アパートの近くでした。それから、さらに追いかけて、何度も殴ったんです。おそらく、倒れて動けなくなってからも、止《とど》めの一発を振り下ろしている。致命傷は、頭の前です。仰向けに倒れたあとに振り下ろされたと思われます。その衝撃が、地面のアスファルトにも残っています。大きな音がしたはずです。犯人は、叫んでいたみたいですしね。そのあと、鉄パイプを投げ捨てて、この道を下っていった」

「こんな場所で犯行に及ぶなんて、賢いやり方とは思えませんが……」小川は言った。「深夜でもないし、道を通る人がいるかもしれない。目撃される危険が大きいですよね」

「この坂は、上りきったところに神社があるだけで、行止りです。あるのは、住宅かアパートです。車が通ることは滅多にないそうですよ。人も、八時を回ったら、あまり通らないでしょう。真っ暗ですしね。隠れるのにも都合が良い。常夜灯《じょうやとう》は、アパートの前に一つあるだけです」

小川はそちらを見た。カーブしているので、その先は見えないのだ。

「ほかに、脇道はありませんか？」

「ええ、アパートのむこうになりますが、階段で、下の道路へ通じる道があります。人しか通れません」

「もし、誰かが下から来たら、そちらへ逃げられるわけですね？」

「そういうことです」

「あの、そのアパートを見てもよろしいでしょうか」

「ええ、どうぞ。立入り禁止の場所に気をつけて下さい」

少し離れたところから、若い男が野村を呼んだ。野村はそちらに片手を上げる。

「じゃあ、また、なにかあったら、電話を下さい」野村は言った。

「ありがとうございました」小川はお辞儀をした。

野村と途中まで同じ方向へ歩いたが、彼は、若い刑事と話をしながら歩いているので、少し離れたところをついて行った。

犯行現場の付近では、道路はすべて立入り禁止になっていて、側溝の外側と石垣の間の細いスペースを歩くことになる。

アパートは、建物の付近が立入り禁止で、狭い駐車場へしか入ることができなかった。車は三台しか駐められない。自転車置き場に、バイクが二台あった。小さなアパートで、一階と二階に四部屋ずつ。合計八部屋だ。おそらく、キッチン付きのワンルームだろう。鉄骨の階段がずいぶん錆《さ》びている。かなり古そうだ。便利な場所だから、安くはないだろうが、それでも、高級とはいいがたい。

それから、アパートの前に戻り、さらに坂を上る。こちら側は、事件には無関係と判断されたのか、警察関係者も少なかった。少し上ってみると、野村が話していたとおり、神社の赤い鳥居が見えた。鳥井が本名だから、鳥居なのだろうか、とふと思いつく。全然面白くない。

それ以外には、個人の住宅らしい小さな建物が四軒ほどあったが、空家ではないか、といった雰囲気だった。窓にはカーテンが引かれている。事件があったのだから、見物に来るとか、窓から様子を見ても良さそうなものだが、まったく人気がない。

また、アパートの近くへ引き返し、階段を下りることにする。真っ直ぐのコンクリートの階段で、かなり長く、十五メートルほどある。中央に鉄の手摺《てす》りがあった。下の道路に出ることができる。階段に面している土地は、ぎりぎりまでコンクリートの擁壁《ようへき》か建物が迫っているが、こちらに出られる家はなかった。これでは、人が通ることは滅多にないはず。恐らく、上の神社へのアクセスとして作られた階段だろう。

犯人は、鳥井信二がアパートに帰ってくるのを待っていたのではないか。暗い場所だから、どこにでも潜むことができる。車で来たのではない。鉄パイプはどうやって運んだのだろうか。なにか、袋にでも入れれば、電車にも乗れるサイズか。指紋が付かないように手袋をしていても、この時期であれば不審には思われない。

た待伏せしたのではなく、鳥井の後をつけてきた可能性もある。彼は、坂を上ってきたのか、それとも、この階段を上がってきたのか、どちらだろう。後ろから近づく人物に、気づかなかったのか。

おそらく、知合いだった。だから、気づいても不審に思わなかったのでは。

鉄パイプを持っていても、見えなかったのかもしれない。アパートの住人も、多くはまだ多少の声を上げても、ここでは誰も駆けつけない。帰っていなかっただろう。坂を少し下ったところの住人は、声を聞いていた。その家だけは、窓が明るかったから、鳥井は咄嗟《とっさ》に、助けを求めてそちらへ逃げたのかもしれない。

そんなことを考えているうちに、階段を下りきっていた。

下の道路は、車が両方向に走っている。歩道はないが、人もちらほらと歩いていた。ここからも駅へ行ける。ただ、距離的には、坂道の方が近道になるだろう。

道路の反対側、すぐ近くの店先で、刑事らしい二人組が、店員と話をしていた。聞き込みをしているようだ。週末なのに、大変な仕事である。そう、自分だって……。

6

事務所へ戻る途中、駅の改札を出たところで、電話がかかってきた。モニタを見ると、上村恵子だった。

「もしもし、小川です」

「あ、あの、上村です」

「はい。どうしましたか？」

「えっと、お会いしたくて、事務所まで来たのですが、お留守だったので……。今日はお休みですか？」

「ええ。事務所は休みですけれど、私は仕事をしています。今から事務所に戻るところでした」

「あ、良かった」上村は、ほっとしたという発声だった。

「上村さん、お食事はされましたか？」

「いいえ、まだです」

「よろしかったら、一緒に食事をしませんか?」

「はい。えっと、どこへ行けば良いでしょうか?」

駅から、少し歩いたところに、大通りを渡る横断歩道がある。そこで待ち合わせることになった。数分で、上村がむこう側に現れ、小川は手を振った。

「すみません。ご足労いただいて」小川は頭を下げた。

「いいえ、こちらこそ、突然来てしまって……」

「なにかあったのですか?」小川はきいてみた。まさか、事件のことを知っているのでは、と少し疑った。

「実は、昨日のあのあとのことなんですけれど、鳥坂さんからメールが届いたんです」

「え?」小川は立ち止まってしまった。「何時頃ですか?」

「七時頃です」そう言うと、上村は、ポケットから携帯電話を取り出した。キィ操作をしたあと、モニタを小川に見せてくれた。

〈許してもらえないと思うが、金は返せる。もう少し待ってくれ。とりあえず、半額だけ振り込んでおいた。今はこれしかできない。大介〉

驚いた。

小川は、数秒間息を止めた。

信じられない。

「半額というのは、戻ってきたんですか？」小川は尋ねた。

「わかりません。銀行がお休みなので」上村が答える。

「あ、そうか……」

「月曜日、記帳してみます。東京だったら、記帳ができますから」

「返事をしたのですか？」

「いいえ。その、なんか、恐くて」上村は眉を顰めた。「それで、どうしてもご相談したくて……」

駅前のイタリアンレストランへ歩いた。小川は、どうしようかとずっと考えていた。しかし、いずれは話さなければならないことだ、と決断した。どうやって切り出そうか、という点が非常に難しい。

レストランは、混雑していたが、幸いテーブルが空いていた。壁際だった。そこに座り、メニューを見て、二人ともランチセットを注文した。

「あの、お話ししなければならないことがあります」小川は囁くように言った。

「はい」上村は、目を丸くして、首を傾げた。

「少々ショッキングな内容なのです。でも、お話ししないわけにはいかないので。もし、なんでしたら、食事のあとにしますけれど」

「いえ、大丈夫です。聞かせて下さい」

「鳥坂さんの本名は、鳥井さんといいます。鳥井信二さんです。R大学の出身だとわかりました」

「そうですか。凄いですね、こんなに早くわかるなんて」

「いえ、それで、その、実は……、昨夜の八時過ぎのことなのですが、その鳥井さんという方が亡くなっているのが発見されたんです」

上村は、数秒間遅れて目を見開いた。

その次に、片手を口に当てる。

「免許証を持っていたので、身許がわかりました。住んでいるアパートも、まだ調べていませんが、たぶん、判明するはずです」

「どうして？」か細い声で、上村は言った。

それは、死んだ理由をきいたのか、それとも、この事態が信じられないという叫びだったのか、小川には判断がつかなかった。

「大丈夫ですか？」小川は尋ねた。

無言で、上村は頷いた。

「病気や事故ではありません。鳥井さんは、殺されたのです。私は、警察に呼ばれて、病院で彼を見てきました。今朝も現場を見てきました。警察が捜査をしています。私は、上村さんのことは警察に話していませんけれど、もしかしたら、警察は貴女のことを突き止めて、調べにくるかもしれません。簡単に犯人の目星がつけば、そうはならないと思いますけれど。今のところは、誰が彼を殺したのか、わかっていません。今、申し上げられることは、それだけです。とても残念です。お悔やみを申し上げます」

小川は頭を下げた。上村は、鳥井の妻ではない。被害者である。しかし、その言葉が適当だろうと思えた。

口を押さえたまま、上村は動かなくなった。

瞬きもしない目から、涙が溢れ、頬を伝っていく。その光景が続いた。小川は、バッグからハンカチを取り出して、彼女に手渡そうとした。上村は、それに気づき、目を閉じる。そして、自分のハンカチを取り出した。

「すいません」下を向いたまま、上村は言う。たぶん、そう言ったのだと思う。息に近い小さな声だった。

またも、もらい泣きしそうな小川だったが、混雑したレストランの中である。小川は、周囲を見回し、こちらを誰も見ていないことを確認した。ゆっくりと深呼吸をして、冷静という文字を頭に書いた。

しばらく、沈黙。

もう、これ以上は話はないのか。

そんなことはない、肝心の話題がある。でも、まだそれは早いだろう。

サラダが運ばれてきた。店員が、去っていくまで、無言で耐える。上村は、下を向いているので、疲れて眠っているように見えたかもしれない。きっと、残業を強《し》いられ、徹夜明けの二人に見えたはず。

フォークを持って、サラダを一口食べる。上村は、まだ下を向いていたが、もう涙は収まったように見える。

「上村さん、大丈夫？」小川は同じことをまたきいた。

「はい」上村は頷いた。「すいません、取り乱して」

取り乱してなんかいない、と言いたかったが、そういった言葉も刺激になるような気がした。

「なにか、思い当たることが、ありませんか？」小川は尋ねた。

上村が顔を上げる。ハンカチを目に当てた。もう大丈夫のようではある。しかし、サラダを食べようとはしない。

「思い当たることというのは？」上村が言葉を繰り返した。

「彼は、誰かに追われていた。そういった話を聞きませんでしたか？」

上村は無言で首をふる。

「知合いの話をしませんでしたか？」

「知合いですか……。いいえ、そんな話は聞いたことがありません。友達は少ないって言っていました」上村は、話した。急に言葉が溢れ出たみたいだ。「あまり、賑《にぎ》やかなところは好きじゃないとも。だから、職場の飲み会にも出ないと話していました。そういう、静かな人なんです」

「野球部の出身だったようですけれど、そんな話は？」

「ええ、野球は好きです。一緒に、球場へ、一度ですけれど、観にいきました」

「大学のときの話は？」

「あまり、聞いていません。R大だったんですね。それらしいことは……」

「聞いたことがありましたか？」

「はい」

「でも、それ、私にはおっしゃらなかった」

「はい。ごめんなさい。本当だとは思えなかったから。きっと、嘘だろうと思っていました」

「結婚する相手なのに？　どこの大学の何学部を出ているかも、きかなかったのですか？」

「そんなことは、関係がないと思いました。彼が自分から言わないのなら、きいてはいけないとも思いました」

「そう……」小川は、納得した。そういう女性なのだ、彼女は。その気持ちはよくわかる、と思った。

メインディッシュの皿が運ばれてきた。パンも一緒だった。二人は、それを食べることにして、話は中断した。上村は、少しずつだが料理に手をつけた。

小川が切り出したい話は、もちろん、今後のことである。

調査依頼をこれで打ち切ることになるが、料金のことがある。少額であるけれど、請求しなければならない。契約では、最初の一週間でレポートを出す。それに対して、最初の調査料が支払われ、その後のことを話し合う、となっている。まだ、依頼されて三日めだが、実質二日は調査を行ったし、レポートを書いて、最初の調査費を請求するのが順当だろう。しかし、レポートなど、もう依頼人には必要ない。となると、最初の料金の半額くらいが落としどころだろうか、と小川は考えていた。

「あの、調査のことなんですけれど……」上村が突然言った。「どうなるんでしょうか？」

「はい、その話をしなければならないと思っています」小川は答えた。

「もし可能なら、引き続き、お願いしたいのですが……」

「え？　引き続きって言われても、もう……」

「私、鳥坂さんのことをもう少し知りたいんです。それに、これは警察の仕事かもしれませんけれど、犯人が誰なのかも知りたい、どうして、彼がそんな目に遭ったのか、その状況を知りたいと思います。だって……、私にメールをくれたんです。彼は、反省していたと思います。私のことを心配して、お金を戻してくれたんです。もしかしたら、そのお金のことで、そんな目に遭ったのかもしれません」

上村は、押し殺した声で一気に語った。いつもよりも早口だった。興奮しているようにも感じられた。しかし、最後の言葉は、ありえない妄想とはいえない。危険な立場になることを彼自身も覚悟していたから、メールを送ったのかもしれない。

「わかります、お気持ちは……」小川は言った。「それに、調査を継続することは、もちろん、私としてはありがたいことです。でも、そのようなことを調べて、上村さんにメリットがあるでしょうか？　お金がかかることですよ」

「彼が戻してくれたお金があります」

「それは、本当かどうかまだわかりません。酷な言い方になりますが、貴女からもっと巻き上げようとしていたかもしれませんよ。月曜日まで待ってから判断された方がよろしいと思います」

「それは、ええ、そうかもしれませんけれど……。でも、もしお金が戻っていたら、彼はそれで、自分のことを調べてほしいと考えていたんだと思います」

上村は、不思議な発言をした。

「どういうことですか？」小川は尋ねる。

「身に危険が迫っていたのではないでしょうか。それで、私にしか連絡ができなかったのだと思うんです」

「殺されるかもしれないと？」

「そうです。あの、ほかの二人の方にきいてみてもらえませんか？　お金が戻ったかどうか」

「そうですね。調べてみます」小川は頷いた。それは、たしかに調べる価値がある。もし、上村だけに金が振り込まれていたとしたら、どういうことになるのか、と少し考えてしまった。彼女だけが、特別扱いだったのだろうか。

それにしても、やはり矛盾《むじゅん》している。調べてほしいというなら、生きているうちに事情を伝えれば良いだけの話だ。上村も、冷静になれば、それくらいはわかるだろう、と小川は思った。

「どんなふうに、殺されたんですか?」上村が身を乗り出して尋ねた。

「それは、詳しく話すわけにはいきません。警察には、上村さんのことをしゃべっていませんけれど、同じように、警察から聞いたり、見せてもらったりしたことは、部外者には話せないんです」

もっともらしく説明したが、それは正確ではない。あまりにも刺激が大きすぎるし、それに時期が早すぎる、と考えてのことだ。

「なにか、裏社会と関係があったのでしょうか」上村が言った。「もともと、そちらの関係から脅されたかなにかで、どうしてもお金が必要になって、しかたなく詐欺をしたのではないかなって思うんです。なのに、結局は抹殺《まっさつ》されてしまう。それがわかったから、連絡をしてきて、せめて自由になる額だけでもと、私に送ってくれたんです」

なるほど、そういう想像をしているのか、と小川は思った。少女が思い描くストーリィのようだった。彼女にとっては、鳥井は悪人ではない。まだ彼女を愛していたはずなのだ。

だが、現実はどうだろう。現に、ほかにも複数の被害者がいる。それに、犯人は女性である可能性が高い。ヤクザだったら、鉄パイプなど使わないだろうし、路上で殺したりしないのではないか。車に乗せて、どこかへ連れ去ってから殺して、死体を処理するのが、安全な方法といえる。

ただ、殺される間際に、上村にメールを送っているのは事実だ。このことは、鳥井の所持品から遠からず警察も突き止めるだろう。そこから、上村恵子の存在が明るみに出る。そうなったら、小川は依頼人のことを話さざるをえない。それとも、そうなっても、やはり黙っているべきだろうか。

「殺人事件を担当している刑事さんとは、連絡が取れる状態です」小川は説明した。「昨夜も今朝も、会って話をしてきました。ですから、事件について、あるいは、鳥坂さんの周辺について調査を続けることは可能です。でも、私が動かなくても、警察が犯人を突き止めてくれると思いますよ」

「犯人だけではなく、鳥坂さんのことを少しでも知りたいんです。警察は、そんな捜査はしてくれないと思います」

「なるほど、そういう意味ですか。わかりました」小川は頷いた。

故人のことについて調査する、というのは珍しいことではない。行方不明者の調査も同じだ。調べているうちに、亡くなっていたことが判明することもある。そういう事案だと思えば良いのか。

「では、契約をし直した方が良いですね」小川は言った。「月曜日に、またお会いしましょうか」

「はい。わかりました」

月曜日の十一時に約束した。小川は、上村のところへ出向くと申し出たが、上村は自分がこちらへ来る、と主張した。もしかして、どこに住んでいるのか、知られたくないのだろうか、と発想してしまった。

7

上村とは駅で別れた。小川は一人で事務所に戻り、音楽をかけて、しばらくぼんやりとソファに座っていた。そのあと、月曜日の契約書を作ることにした。これは、簡単な作業で、雛形《ひながた》が沢山あるので、ものの十五分でできてしまう。

とりあえず、R大学の三人にメールを出しておく。一度お会いしたい、鳥井信二についてお話を伺いたい、都合の良い時間をお知らせ下さい、といった同じ内容を、別々に送った。

あとは、と考える。安藤と繁本は地元へ帰ってしまった。真鍋が会ったモデルの津村に話をききにいった方が良いだろうか。そうだ、あのアパートについても調べないといけない。こちらは警察から情報が得られる可能性もある。

椙田に報告しなければ、と気づいた。

すぐに電話をかけた。何度かコールがあったが、出ない。留守番電話にも切り替わらなかった。いなくなると、だいたいこのパターンである。

なにもすることがなくなったので、パソコンでネットを眺めてみた。鳥井のことは、ニュースにはなっていない。なっているのかもしれないが、探せなかった。鳥井信二の名前でも検索してみた。これは、ヒットが多すぎる。幾つか見てみたが、無関係なものばかりだった。R大野球部と併せて検索しても出てこない。補欠だったのだから、当然だろうか。

電話がかかってきた。鷹知祐一朗からだ。

「小川さん、事務所にいます？」

「ええ、いますよ。何ですか？」

「いえ、特に用事はありませんが、近くへ来たので、寄っていこうかなと思って」

「嬉しい。紅茶でも、コーヒーでも、なんでもお出しします」

「それじゃあ、ドーナッツを買っていきます。えっと、三時くらいに到着します」

「わかりました」

電話を切って時計を見ると、あと三十五分だった。

鷹知には、事務所を引き継ぐことで、相談をしたかった。もっとも、引き継ぐと既に返事をしてしまったわけだから、相談といっても、つまりは、運営のノウハウについてだった。同業者で最も親しいし、頼りになる人物である。

その三十五分は、まったく仕事以外のことに使った。今日は土曜日なのだ。今の調査が一段落したら、コンサートに行こう。年末だから、方々でリサイタルもある。一人で行くのだ。ネットでいろいろ物色して、どれか予約しよう、と思ったが、決定するまえに、鷹知が現れた。

早速紅茶を淹れて、テーブルで向き合って座った。ドーナッツの箱が中央にあって、そこから一つ取り出した。

「このまえの名前の人、見つかりました?」鷹知がきいた。

そうだ、名前を彼に知らせて情報を求めたのだった。もちろん、偽名だったから、なにも出てこなくて当然だった。

「ここだけの話ですけれど……」小川は、ドーナッツを一口食べてから話す。「その人、見つかったんです。なんと、昨夜、殺されていたんです」

「本当ですか?」鷹知も驚いたようだ。「殺されたって、誰に?」

「まだ、犯人は見つかっていません」

小川は、だいたいの経緯を鷹知に話した。病院で死体を見たこと、鉄パイプで殴られたこと、目撃者がいること。ただし、自分の依頼人の話はできない。殺される直前にメールがあったことも黙っていた。

「それは、凄いですね。警察の担当は、誰ですか?」

「野村さんが、私の相手をしてくれています」

「ああ、彼ですか……」

「そう、それで、病院へ呼び出されたの」

「身許を確認しろって?」

「私が、結婚詐欺に遭ったわけじゃありませんからね。写真を持っていただけなんですよ。それに、もう、顔の形も変わっていて、本人かどうかなんて、わかりませんでした」

そう話しながら、自分はドーナッツを食べていることに気づいて、少し驚いた。真鍋がホラーには慣れていると言っていたが、人間というのは、慣れればなんとかなる能力があるようだ。

「鉄パイプって、女性が使うでしょうか？」小川は言った。最初からその違和感が強かったのだ。

「わかりません。女性といっても、いろいろでしょう」

「私は使わないなあ」小川は首をふった。「たとえば、暴漢と対峙《たいじ》して、手近にそれがあったとしても、それを使って振り回そうなんて考えもしないわ。だって、重いんでしょう？　持ったことないけれど。そんなものを使うなんて、細腕では無理ですよ。奪い取られて、逆に殴られそう」

「細腕ではなかったかもしれませんよ。女性のプロレスラだっているわけですから」

「いえ、だって、鳥井さんが結婚しようと持ちかけた人ですから、ある程度、その、範囲が限られるじゃないですか。年齢もだし……」

「皆さん、それなりにお美しいわけですね？」

「うーん、一人は、人気のモデルさんです。若いし、相当稼いでいたらしい。その人が一番被害額が大きいみたい。もう一人は、会っていないからわかりませんけれど、OLさん。あと、私の依頼人は、そうね、可愛らしい感じ。とても、鉄パイプを振り回す人間とは思えない」

「鉄パイプだったんですか？　鉄パイプみたいなもの、ではなくて」

「わからない。そう聞いただけで、実物は見ていません」

「実物の鉄パイプでも、そんなに重いかなぁ。パイプですからね、軽量なはずです」

「片手で持って歩けます？」

「もちろんですよ。殴る目的だったら、せいぜい長さは一メートル程度でしょう。どうかな、三キログラムくらいじゃないかな」

「え、そんなに軽いの？」

「三キロって、けっこうずっしり来る重さですけれどね」

そうか、具体的な重さまでイメージしていなかった。三キロだったら、女性でも持って歩けるし、両手を使えば振り回せるかもしれない、と小川は想像した。

「そうですか。では、調査はお終いですか？　もう、依頼人に話したんですか？」

「ええ、話しました。そうしたら、調査を継続してほしいって」

「え、どうして？」

「本人は死んだけれど、どんな人物だったか、そういったことが知りたいって」

「ああ、そういう意味ですか。それは、ある意味、簡単になりましたね。犯人を捜してほしいって言われたのかと思いました」

「それは、警察に任せます。野村さんは、なんか、すぐにでも犯人が見つけられそうな感じでした」

「目撃者があるから？　ああ、カメラに写っていたんですね」

「いえ、詳しい話は聞いていませんけれど、殺されてすぐ発見されているし、足取りも掴みやすいってことかしら」

「恨みで殺したとしたら、その詐欺の被害者が疑われますね」

「そう……。それ、真鍋君も言っていました」

「何て言っていました？」鷹知が興味を示した。彼にとっても、真鍋の仮説は聞くに値するものなのだ。

小川は、簡単に説明した。つまり、調査依頼をしてきた人物が、実は既に鳥井を見つけていて、彼を殺したのではないか、という仮説だ。

「それは、面白いね。でも、考え過ぎですよ」

「そうでしょう？　あの子、考えすぎるのよね」

ドーナッツも食べ終わり、紅茶も半分なくなった。少し話題が途切れたところで、小川は、事務所の件を話すことにした。椙田から、ここを譲ってもらい、小川が自分で経営することになりそうだと。

「それ、あまり今と変わらないのでは？」鷹知は驚きもしなかった。「小川さんの手取りはアップするでしょう？」

「そうだと良いのだけれど、下がっても、保障はなくなるわけですから」

「それは、でも、いつ会社が潰れるかわからないのと同じで、どんな立場でも、そうですよ。保障なんてありませんから、自由業とか中小企業は」

「そうね。そう考えるのかな」

「大丈夫ですよ。これから、仕事が増えていくと思いますよ」

「どうして、そんなことがわかるんです？」

「うーん、誠実な対応をしていれば、だんだん、蓄積していくものです。少し時間が経たないと、結果が出ない。しばらくは、我慢して持ち堪《こた》えることが大事です」

「そういうものですか」

「そういうものです。小川さんだったら、大丈夫、やっていけますよ。あ、真鍋君は、どうなるんですか？　えっと、永田さんも」

「永田さんは、もう無理みたい。仕事が忙しいって。真鍋君も、卒業しないで就職するって言っています。ここのバイトは、二人とも辞めることになりそう」

「それは、痛手ですね」

「でしょう？　ちょっと、そのショックがあって……」小川は、残念だという顔をつくる。「まあ、でも、いつまでもやってもらうわけにはいきませんからね」

「僕も、できることは協力しますから」

「ありがとうございます。本当に頼りにしています」

「もし万が一、椙田さんの事務所が倒産でもしたら、小川さんを雇おうと考えていたくらいです」

「え！　本当ですか？」

「万が一ですよ。でも、ここを続けられるのなら、その方がずっと良いと思います」

「私は、鷹知さんのところに雇ってもらった方が良いような気がする。私って、アシスタントには向いていると思いません？」

「いえいえ、間口は広い方が良いということです。経費を最小限に抑えないといけませんけれどね」

「まあ、家賃はしばらく無料ですから、光熱費くらいしか経費はかかりませんけれど」

「しかし、真鍋君がいないとなると、ちょっとした調査でも、できることが制限されますね」

「そうなんですよ」

「僕も、こちらの事務所には、だいぶお世話になっていたからなあ」鷹知は溜息をついた。

鷹知は一人で探偵業を営んでいる。否、小川は詳しくは知らない。彼は事務所というものを持っていない。人手が必要な場合には、そのつどバイトを雇うのだろうか。これまでに、小川や真鍋が誘われたことも何度かあった。必要なときだけ雇うのが効率が良い。しかし、緊急に人が欲しいときに困る。難しいところだ。

一時間ほど話をして、鷹知は帰っていった。小川も、もう帰宅しようと思った。

8

土曜日の夜も、また翌日の日曜日も、気味が悪くなるほど、なにもなかった。どこからも電話がかからないし、また、メールも届かなかった。おまけに、ネットでニュースを検索しても、関連するものは出ない。おかげで、小川は心安らかに過ごすことができた。

唯一の例外は、R大学の田辺洋介《たなべようすけ》からメールのリプライがあったことだ。殺された鳥井信二の指導教官だった人物で、法学部の准教授である。メールには、鳥井のことを個人的には知らない、しかし、来てもらってもかまわない、月曜日ならば夕方の四時以降に、そんな内容だった。

鳥井の二人の同級生からは、リプライがない。日曜日なので、メールを読んでいない可能性もある。

野村刑事に電話をかけようかどうか、小川は迷った。このあたりの匙加減《さじかげん》というのか、どの程度積極的にアプローチして良いものか、まだよくわからない。しつこくて煙たがられるのではないか、と心配になる。特に、日曜日くらいは電話を控えよう、とも考えて、結局我慢することにした。

日曜日の午前中は、洗濯や掃除をして、ランチは、冷凍食品のドリアを作って食べた。音楽をかけて、しばらくその音色に聞き入っていた。少なくとも、音楽を聴いている間は、事件のこととか、事務所のこれからのこととかを考えないで済んだ。

その代わり、ずっと昔の思い出が蘇《よみがえ》る。

特に、彼が作った真空管アンプの光を眺めていると、催眠術にかかったみたいに、その当時へトリップしてしまうのだった。

真空管アンプは、もの凄く重い機器である。真空管が重いのではなく、トランスという部品が特別に重い。それは鉄の塊のような代物で、しかも複数個使われる場合が多い。小川が譲り受けたそのアンプも、実に三十キロほどの重さがあった。両手でしっかりと持てば、持てないこともないが、せいぜい十秒くらいが限度だ。床に置かれている状態から持ち上げることは不可能に近い。彼の家からもらってくるときも、友人に頼んで、レンタカーを借りて、大仕事だった。ここへ運び入れ、リビングの壁際に置いた。下にはコンクリートブロックの土台を用意して、その上に設置したのだが、一度置いたら、もう動かすことはできない。そういう面倒なものなのだ。真空管は、電球と同じで寿命があるから、アメリカから取り寄せて、交換できるように予備も買ってある。一生かかって、私はこれを聴き尽くすのだ、と誓った。

それなのに、この頃あまり聴いていない。日曜日に一時間か二時間だ。落ち着いた時間が少なくなっているのか、とも思う。

事務所にも、一台私物のアンプを持ち込んでいて、そちらでときどき聴いているから、という理由もある。

今、私は言い訳を探しているな、と気づいた。

もうそろそろ、忘れてほしい、と彼が言っているのかもしれない。

そんなはずはない。

いや、どちらともいえないな。

わからない。

どうして、こんなことを考えるんだろう？

死んでしまった人ではないか。

そこで、上村恵子のことを思い出す。死んだ彼氏についてもっと知りたい、と彼女は言った。

「私は、そうは思わないぞ」と呟いていた。

死んでしまった人のことを知るとは、どういう意味だろう？

どんな価値を求めているのだろうか？

生きていたときのことを、もっと知って、それで何が得られるというのか。

自分に対する気持ちだろうか。

そんなもの、たとえ生きていても、確かめることはできない。

違うだろうか？

生きているとき、自分が知らない彼があったとしても、知りたいとは思わない。それらはむしろ、自分が知っている彼の時間を薄めてしまう効果しかないではないか。自分と一緒だった時間、それだけを胸に抱いて生きていくしかない。小川は、そう思っている。

ずっと、そう信じてきたのだ。

十年間、彼と一緒だった。ほとんどの時間を彼とともに過ごした。それが、私にとっての彼だ。それで良いではないか。

もちろん、私が知らない彼もあった。私と知り合うまえから、彼は結婚していた。私の前にいない時間は、それはもう宇宙が違うと考えるしかなかった。

それで、良かった。

自分には、充分だったのだ。

彼が死んで、彼の妻にも会った。彼女は、彼と私のことを知っていたはずだ。それでも、お互いに頭を下げた。彼女は私に礼を言った。それは、よく尽くしてくれましたね、という意味だったはず。

仕事のことではない。女なら、それくらい絶対にわかっているはず。

小川も、後ろめたいところは欠片《かけら》もなかった。彼とともに働いて、同じくらい必死で愛したのだ。離婚してくれなんて言ったことはない。

一度も、彼の妻を恨まなかった。自分だって、実は彼女に礼を言いたかったくらいだ。最後まで彼の面倒を見てくれたのだから、本当に感謝している。私も彼女も、いずれも正しいことをした。なにも間違っていない。それがわかっていたから、頭を下げた。

悲しかったけれど、それ以外の感情はなかった。

後悔も、未練もなかった。

相田の事務所に来たときには、まえの仕事に多少の未練があったかもしれない。それはきっと、彼の未練だ。彼はもっと仕事がしたかった。仕事で野望があったはずなのだ。それを思うから、切なくなった。

自分には、野望もなかったし、だから未練もなかったのだろう。もう充分に幸せな時間をもらっていたのだ。もし、未練があったとしたら、彼にそのお返しができなかったことだろう。

この頃は、もう泣かなくなっていた。忘れたというよりも、素晴らしい時間の思い出だけが額入りの写真みたいに固着して、いつもそれを思い出して笑顔になる。くすっと笑ってしまう。五年でこんなに昇華されるとは思ってもいなかった。

もう、彼の家とも、彼の会社とも、完全に縁が切れている。連絡もない。小川令子は行方不明になっているはずだ。なにしろ、住所も変えたし、電話番号も変えたのだから、むこうからは連絡のしようがないはず。彼の墓参りにも行っていないし、法要にも呼ばれていない。彼の家の前を通ることさえなかった。会社がどうなっているのか、まったく知らない。噂は聞かないから、良くも悪くも、変化はなかったのだろう、という程度の想像だけだ。

椙田が知合いだというのは、本当に衝撃だった。

今まで、一言もそんな話はしなかった。なによりも、彼が椙田に、小川のことを頼むと言ったという話が信じられない。

椙田が嘘をついたのかもしれない。

確かめようがないではないか……。

ただ、あのとき、初対面の自分をその場で雇い入れたのは、たしかに不自然だったかもしれない。自分も不思議だと思ったはず。

椙田って、何者なのだろう？

一言でいえば、得体の知れない人物だ。

小川は、見て見ない振りをしてきた。何故か、踏込んではいけない領域のように感じたからだ。幾つか、不思議なことがある。まず、探偵事務所以外に仕事を持っているのは確実だ。事務所が稼ぎ出す金額など知れている。どこで何をしているのだろう？　美術品関係の売買だろうか、と想像することしかできない。

たとえば、結婚しているのかどうかも定かではない。真鍋が、ずいぶんまえに椙田が女性と二人でいるところを目撃しているが、それ以外では、まったく女の匂いがしない。これについては、かつて結婚していたが、離婚して今は一人、というのが小川の想像だった。

そういえば、W大の美人の先生を、椙田は避《さ》けている。あまりにも年齢が離れているから、無関係だとは思うものの、その点について詮索《せんさく》するな、みたいな注意を受けたこともあった。具体的な表現は思い出せない。仕事に就《つ》いた頃のことだったから、素直に従ったのであるが、あれは、何だったのだろう？

そう、西之園《にしのその》先生だ。彼女がここへ来たこともある。椙田は、事務所の名前を突然変更した。椙田事務所だったのに、SYアート&リサーチになった。椙田という名前を隠したようにも見える。単にプライベートな理由でそこまでするだろうか?

小川は溜息をつく。

きっと、このまま……。

彼は、ずっと謎の人物のまま、消えようとしている。

窓の外が、いつの間にか暗くなっていた。

オーディオのスイッチを消して、しばらく静けさを聞いた。エアコンの音と、微《かす》かに道路の音。

さて、出かけようかしら……。今日は日曜日なのだ。

こんなふうに、どんどん一人で日曜日を消費していく。でも、悪くはない。考えることが沢山あるのは、良い状態ともいえる。

自分の周囲には、沢山の謎があって、それが自分を生かしている、とも思えるのだった。考えることがなくなってしまったら大変だ。それこそ、生きるか死ぬかという究極の謎に考えが行き着いてしまう。

CDを買っていこう。レコードでも良い。CDもレコードも、この頃は売っている店が少なくなったのは、小川のような趣味の者には、面白くない。ネットで買えるけれど、ジャケットを見て回る時間が、あまりにもバーチャルになりすぎた。

しかし、若いときから通った店は、まだ残っている。少し遠いけれど、そこへ寄っていこう。夕食は、ピザかな。ワインも飲みたい。一人で楽しもう。

戸締まりを確かめて、部屋を出た。歩道を一人で歩いた。

上村恵子のことを少し考える。あの人も、こうして一人になった。結婚して、新しい生活を夢見ていたのに、今は、東京のどこかで、寂しく暮らしているのだ。

そう考えると、自分は幸せだ。

誰かに騙されたわけでもないのだから。

第3章　さまざまいろいろ

だが、さらに動機を追及されると、容疑者は、奇妙なことを口走り始めた。第三次世界大戦に備えるため、ある政党を設立したことや、万一戦争が起きれば、銀行強盗で手に入れた金を使って、選ばれた者を安全に避難させるのだという計画を真顔で語りだしたのだ。実際、容疑者の部屋を捜索してみると、その政党のユニフォームやポスター、彼の計画を裏付ける資料が多数見つかった。

1

月曜日は少し暖かくなった。小川は出勤して、十五分ほど前の道路の掃除をしたあと、これまでの調査結果をまとめたレポートを作成した。時系列で箇条書きにしたが、一枚に充分収まった。椙田も真鍋もいない。事務所には彼女一人だった。

十一時に、約束どおり上村恵子が訪れた。上村は、いつも同じコートである。東京へ出てきて、充分な蓄えもないのかもしれない。

「どうでしたか？」小川は尋ねた。もちろん、上村の口座へ振り込まれたかもしれない金額のことである。

「はい。記帳してきました」上村は頷いた。

「見せていただけますか？」小川は言った。

上村はバッグから、通帳を取り出した。そして、該当するページを開き、テーブルの上に置いた。

小川は身を乗り出して、それを見た。預金を作ったときに十万円、その後、約三百万円が振り込まれている。その次は、五十万円の引出しが毎日続く。これは、おそらくATMでカードを使って一度に引き出せる限界の金額なのだろう。最後は、十万円ほどを引き出して、残り金額が千円以下になる。ここまでが、鳥井が騙し取った証拠といえる。そして、問題の最後の一行には、百五十万円が振り込まれたことが記されていた。振込人は、トリサカとある。

「本当だったのですね」小川は顔を上げた。

「はい」上村は、その通帳を両手で胸に当てて頷いた。眉は泣きそうな形だが、口は微笑もうとしている。

「もちろん、第三者が、鳥坂さんの名を使って振り込んだ可能性もあります。でも、そんなことをする理由が、ちょっと考えられませんね」

「ほかの方は、どうだったのでしょうか?」上村はきいた。

「今日、ほかの二人に、問い合わせておきます。それよりも、鳥坂さんからメールがあったことも含めて、警察に話してもよろしいですか?」

「それは……」上村は口を閉じる。困ったという表情だった。

「上村さんの個人情報については一切話しません。依頼人に連絡があって、口座に半額が戻った、という事実だけを知らせます」

「それでしたら、ええ、伝えてもらってかまいません。でも、事件の解決には無関係ではないでしょうか?」

「鳥坂さんの周辺で何があったのか、という点で重要なヒントにはなると思います。なにか、トラブルに巻き込まれていたかもしれません」

「そうですね……」上村は頷く。

「ただ、鳥坂さんがその金額を振り込んだことを、警察は銀行で確認する可能性があります。そうなると、送り先の口座から人物が特定されます。上村さんのところへ、警察が来るかもしれません」

「しかたがありません」上村はまた頷いた。「地元や職場には黙っていてほしいとお願いするつもりです」

「そうですね、警察もむやみに捜査情報を公開したりはしませんから、大丈夫だと思います。あの、変なことをききますけれど、金曜日の夜、上村さんはどちらにいらっしゃいましたか？」

「アリバイですか？」上村が上目遣いで、小川を見た。

「そうです。警察は、それを尋ねると思います」

「私、一人でいました。その時間は、アリバイはありません。アパートで、ラーメンを作って食べて、あとは、なにも……」

「テレビを見ていたとか、証言できませんか？」

「テレビはありません」

「そうですか……」小川は頷いた。

「きっと疑われると思います。鳥坂さんの居場所を見つけて、警察に知らせると脅して、なんとか半額を返金させた。でも、それでは不足だと逆上して、殺した……」上村は、淡々と話した。「そう思われるでしょうね」

「殺すとしたら、どうやって殺しますか？」小川は思い切って尋ねてみた。

「え？」上村は目を一瞬見開いた。驚いたのか、それともその恐ろしいシーンを想像したのだろうか。「そうですね。うーん、やっぱり、包丁でしょうか」

上村は小柄で華奢《きゃしゃ》だ。とても、鉄パイプを振り回すとは思えない。

「鳥坂さんは、スポーツマンだったでしょう？」小川はきいた。

「はい。でも、そんなにがっしりとはしていないし、力がある感じではありません」

「一対一になって、人を殺すというのは、難しいものです。武器を持っていたとしても、簡単ではありません」

「場所は、道路だったそうですね」上村は言った。

「知合いであっても、包丁を見たら、走って逃げたでしょうね。暗闇で突然突きつけたとしても、抵抗はされるし、逃げようとする。追えなければ、怪我《けが》をさせる程度で上手くいかない可能性が高い。その計算を犯人はしたはずなんです」小川は言った。

「あ、ごめんなさい。こんな話、聞きたくありませんよね？」

「いいえ、大丈夫です。私も、あれからいろいろ考えました。誰が、どうやって殺したのかって」

「どう思いました？」

「屋外では、小川さんが言ったとおり、難しいと思います。私なら、部屋の中を選びます。声を上げるでしょうし、外ではほかの人に見られますから」

「そうなんです。アパートに帰ってきたところだったから、部屋の中に入ってから襲えば良かった」

「やはり、包丁ではなかったのですね？」上村がきいた。

「そうかもしれません」小川は言葉を濁《にご》した。この女性はインテリだ、と改めて思った。

三十分ほどで、上村は帰っていった。バイトの仕事を見つけたので、午後は仕事です、と話していた。それは良い傾向だ。少なくとも半額は戻ったので、経済的にも余裕が生まれたことは喜ばしい、と小川は感じた。

まず、野村刑事に電話をかけた。依頼人が、鳥井信二から金曜日の夜にメールをもらっていて、それは騙し取った金額の半分を返す、という内容だった。その入金が実際にあったことを今確認したところだ、と説明した。

「被害者の携帯に、そのメールが残っています。恵《めぐみ》さんというのですか？」

「いえ、恵子さんです」

「では、けいちゃんと呼んでいたのでしょう。携帯にそうありました。どうして、金を返す気になったのかは、甚《はなは》だ疑問ですな。それに、どこでいつ振り込んだのか。その時間には、もう銀行は閉まっています」

「ネットの銀行なのでしょう。鳥井さんの口座があるはずです。そこから、振り込んだのです。ネットの銀行なら二十四時間、土日でも振込みができます」

「調べてみます」

「いかがですか？　なにか判明したことがありますか？」

「身許は確定しました。R大のときの同級生と指導教官の先生にも見てもらいました。アパートも、鳥井の部屋です。表札は桐谷でしたけどね」

「犯人については？」

「そちらは、まだ始まったばかりです」

「カメラに写っていたのでは？」

「女ですね。顔まではわからない」

「髪型は？」

「肩に届くくらいですね。ストレートで」

「ボブカットですね？」

「そういうんですか、よくわかりませんが。おかっぱですよ、いわゆる」

「若いんですね？」

「ええ、そうです。見た感じですが。ただ、特定はできませんよ、そこを通ったというだけです。鉄パイプを持っていたわけでもない。証拠にはなりません。小川さんの依頼人は、髪型は？」

「それは……」

「逮捕するってわけじゃありませんから」

「ボブカットです」

「そうですか」

「私だって、ボブカットですよ」

「ああ、そういえば……」野村は笑った。「じゃあ、また」

電話を切った。

「何、そういえばって」小川は呟く。

2

安藤順子に電話をかけたが、出なかった。しかし、三十分ほどして、むこうからかかってきた。ちょうど、事務所でパンを食べているときだった。コンビニで買ってきたエッグサンドである。

「もしもし、安藤です」

「はい、小川です」

「今、よろしいですか？　電話をいただいたみたいなので」

「はい、大丈夫です。あの、実はですね、金曜日の夕方に、鳥坂さんからメールが届いていたんです」

「え？　小川さんのところに？」

「え、ええ、そうです」小川は頷いた。そうだ、自分なのだ。嘘をついているので、このまま突き通すしかない。しかし、矛盾している。「このまえは、取り乱していて、話せなかったのですけれど……」

「ああ、無理もないわよ。あんなの見せられたらねぇ」安藤は言った。

彼女に電話をかけたのは、ちょうど、鳥井の死体を見せられたあとだったのだ。

「それで、鳥坂さん、お金を半分返すって言ってきたんです」

「嘘、本当に？」

「今日、銀行の口座に振り込まれているのを確認できました。百五十万円です」

「そうなの、それって、えっと、不幸中の幸いみたいな感じね」

「ええ、そうですね。それで、あの、繁本さんとか、津村さんは、そんな話、されていませんか？」

「いや、少なくとも、メールは来ていないと思うよ。彼女たちと、金曜日の夜、ずっと一緒だったし、もし、メールが来たら私に教えてくれるはず」

「お金が振り込まれたことは？」

「聞いていない。隠すようなことじゃないものね。どうして、小川さんだけなの？」

「いえ、ちょっと、それは、私にもわかりませんけれど」

「小川さんとは、本気だったってこと？」

「どうでしょうか……」

「小川さんが、一番、彼と年齢が近いから」

「は？」小川は驚いた。「え、そうなんですか？」

「だって、繁本さんも、津村さんも二十代前半だから。小川さんって、いくつ？」

「いえ、ちょっとそれは、言いにくいというか」

「三十越えてる？」

「あ、はい……」

「ほら、鳥坂さん、三十二だったでしょう。近いじゃない」

「あ、まあ、そういえば……」

「若い子たちは騙せてもって、思ったのかもしれませんよ」

「そうかなぁ」小川はそこで少し笑ってしまった。不謹慎《ふきんしん》である、と気づいてすぐに黙った。

「あの、実は私、警察にも黙っていることがあるんですよ」安藤の口調が少し変わった。「もう一人、もしかして、鳥坂さんに騙された人がいるんじゃないかって、思っているの」

「え、どういうことですか？」

「繁本さんのこと、友達だって言ったけれど、彼女はね、以前に取材をして知っていただけなんです。それよりも、もっと近い友人で、結婚する予定だったのに、急に失踪《しっそう》してしまった人がいるの。私、そのことをラジオで話したんです。そうしたら、繁本さんや津村さんが連絡してきたというわけで……」

「ああ、そうなんですか？　その方は、お名前は？」

「うーん、ちょっとね、本人が隠れているとしたら、あまりおおっぴらにしたくないんだと思うの。ごめんね、警察にもしゃべらなかったんだから」

「そうですね、そういう事情ってありますよね」と言いながら、小川は上村恵子のことではないか、と少し思った。

「いくつくらいの方ですか？」

「二十七歳。私と同じ年」

「そうですか」と言いながら、安藤順子が意外に若いと驚いた。もっとも、本当のことを言っているとはかぎらないが。

「とりあえず、二人には、今のお金の話、確認をしておきますね。あとで、メール送ります」安藤は言った。

電話を切ったあと、そうか、安藤は自分よりも十歳以上も若いのだ、と小川は思った。ただ、自分が若く見られたことには、悪い気はしなかった。真鍋が近くにいたら、どうだっていう顔をしたかもしれない。どちらかといえば、若く見られる方だ。もっとも、頼りないしおどおどしているから、という理由もあるだろう。

真鍋から電話がかかってきた。なんというタイミング。

「どうしたの?」小川は、いきなり尋ねた。

「べつにどうもしません」真鍋は眠そうな口調である。「なにか、進展は?」

「それよりも、就職の返事はしたの?」

「しました。就職します」

「良かった」

「事件は、どうなったんですか?」

「う一んと、上村さんのところに鳥坂さんからメールが届いていたの。殺されるちょっとまえにね。それで、悪かった、お金を返すって言ってきて。今日、彼女と会ったんだけれど、実際に口座に百五十万円振り込まれていた。その通帳を見せてもらった」

「どういうことですか、それ」

「どういうことかしら」

「とりあえず、依頼人がお金を持っている人になって、安心ですけれど」

「まあね」小川は頷く。「上村さんが言うには、鳥坂さんは、なにかのトラブルに巻き込まれていた、つまり、ヤクザ絡《がら》みの感じかな、それで、しかたなく恋人から金を借りた、それでも、問題は解決しなかったみたいで、身の危険を感じて、最後は恋人のために送金したんじゃないかって」

「つまり、上村さんは、自分は詐欺に遭ったんじゃないって言いたいわけですね？」

「そうかもしれない。まあ、その気持ちもわかるけれど」

「どんな気持ちなんですか」

「女心？」

「演歌じゃないんですから」

「でもね、上村さん、引き続き、鳥坂さんのことを調べてほしいって言ってるんだよ」

「そうなんですか……、びっくりですね。ご破算だと思っていました」

「こちらとしてはありがたいけどさ、でも、ちょっと変な感じは受けるよね」

「何のためでしょう？　本気で恋人だとまだ信じているのかなあ」

「そうかもしれない。あの人、絶対に悪い人じゃないもの」

「どうしてそんなことがわかるんですか？」

「女の勘？」

「へえ……」

「小川さんが何を言いたいのかなって」

「何が言いたいの？」

「まあ、そういうわけで、調査は、続行ですよ」

「何を探すんですか？」

「鳥坂さんの生前の活動についてかな」

「主たる活動は、結婚詐欺じゃないですか」

「それ以外で……。まあ、警察も調べるでしょうね、いろいろ」話しながら、小川は考えを巡らす。「そうか、津村さんと繁本さんに会った方が良いか」

「津村さんは、会いましたけど。うーん、鉄パイプを振り回すタイプじゃないですね。腕が細すぎます。鉄パイプより細いですよ」

「そう……。あ、でも、津村さんはアリバイがあるから。繁本さんもそう。安藤さんと一緒だった」

「上村さんのことをいつまで黙っていられるか、ですね」

「ぎりぎりまで粘るつもりだけれど」

「津村さんに会いたいなら、永田さんにお願いすると良いと思いますよ」

「真鍋君にお願いしたら、永田さんに伝わらないの？」

「直接お願いします」

「あっそう……」と返事をしてから考えた。「あ、駄目じゃない。安藤さんたち三人は、私のことを、詐欺被害者だと思っているんだから。探偵社の者だって、言えないじゃない」

「被害者だって言って会えば良いだけでは？」

「真鍋君、私のこと話していない？」

「僕は、探偵社の者だって言いましたよ。依頼されて調べていると話しただけです。僕と永田さんが探偵社でバイトをしていること、津村さんは知っています。でも、小川さんのことは知らないから、大丈夫ですよ」

「永田さんが、話しているかもしれないじゃない」

「え、職場に小川っていう煩《うるさ》いおばさんがいるって？」

「そんなこと言ってたの？」

「いえ、だから、仮説ですよ」

「永田さんに確認しなくちゃ」

3

「はぁい、永田でぇす」

「小川です。えっと、津村さんに会って話が聞きたいんだけれど、そう伝えてくれない？」

「わっかりました」

「私のことを、津村さんは詐欺に遭った被害者だと思っているんだけれど」

「え、どうしてですか？」

「依頼人の存在を隠すために、彼女たちには、その嘘で通すことになってしまったの、成り行きでね」

「えっと、小川さんが、結婚詐欺に遭った、という想定なんですね、凄いですね、それ面白いですね」

「面白くないわよ」

「わかりました。じゃあ、えっと、どういうふうに話せば良いかな、あ、そうか。私がバイトしている探偵社の依頼人の小川さんと説明すれば良いですね」

「そうそう。ごめんね、嘘をつかせちゃって」

「小川さん、いくつの設定なんですか？」

「は？　年齢？　いえ、特に設定はないけれど」

「わかりました。不明ですね。じゃあ、電話してみます。折返しかけます」

「えっと、今日の四時からは約束があるから、そのまえか、あるいは六時以降で」

「はい、了解」

八百万円も騙し取られたモデルの津村は、二十代前半か。永田の少し下ということだ。鳥井とは、七歳ないし十歳も離れているということになる。もう一人の繁本も、同じくらいの年齢らしい。

それにしても、若いのにみんな金を持っていたものだ、と感心した。上村の場合は、退職金と話していたが、彼女が一番貧乏だったのではないか。半額でも戻ってきたことは良かった。と考えているうちに、電話が鳴った。永田からだ。もう話がついたようだ。

「津村さん、いつでもＯＫですって、今、新宿にいるそうです。今日は仕事がオフだって言ってました。電話番号教えますね」永田は一気に話した。

デスクに行き、小川は番号をメモした。

「どうもありがとう」礼を言う。

「また、よろしくです」

「あ、永田さんね、真鍋君、就職が決まったんだよ。聞いた？」

「え？　知りません。大学は？」

「退学するってことじゃないかしら」

「どこにですか？」

「詳しく聞いてないけれど……」

「そうなんですか。ひえぇ、どうして教えてくれなかったんだろう」

「なんか急に決まったみたいだったよ。今日、返事をして、決まったところみたい」

「あ、じゃあ、電話してみます」

「そうしてあげて」

電話が切れた。続けて、津村に電話をかける。

永田から話は通じていて、待ち合わせの場所を決める。デパートの化粧品売り場で、ということになった。そこへ行くのに四十分くらいかかりそうだ。近づいたら、電話をかけることにした。

小川は、すぐに事務所を出た。天気は良いので日差しが暖かい。それでも、マフラで顔の半分を隠して駅まで歩いた。

電車の中は、必要以上に暖かい。マスクをしている人が多かった。そういう季節である。パソコンで、津村路代のことは調べてきた。検索で相当数ヒットする。写真もすぐに見つかった。なるほど、キュートな感じで、人気が出るのもわかる。ただ、あまり特徴はない。なんというのか、似ている顔が多いように思う。このまえ、アイドルについて、小川がそう表現したら、真鍋から、それは歳を取った証拠だ、と指摘されてしまったが。

興味がないもの、自分から遠いものになると、見分けがつかなくなるらしい。しかし、小川はもともと、若い女性に興味を持ったことはないのだから、歳のせいにされるのは心外だ。言いがかりとしか思えない。大いに不満が残ったので、真鍋のその物言いを覚えているのである。きっと、彼はとうに忘れてしまっただろう。自分は、こういう執念深さがあるな、とはときどき感じるのだった。

ほぼ約束の時刻に、デパートに到着した。中に入ったところで、電話をかけようとしたら、正面の売り場に津村の姿を見つけた。やはり、目立っている。周りの女性たちよりも、細いし、小顔だし、着ているものも特別だった。なんというのか、バランスが違うのだ。

「あの、小川です」近づいていき、声をかけた。

「あ、こんにちはぁ」こちらを向いて、津村は微笑んだ。

「お時間をいただいて、ありがとうございます」歳下に対してちょっと丁寧すぎるかな、と思いながら、お辞儀をした。「どうしましょう。どこかで、お茶を飲みながら、で、よろしいですか？」

「そうですね、あちらに、カフェがあるから……」津村は言った。

「お買い物は、よろしかったですか？」

「ええ、もう、買いたいものは買っちゃった」

津村は、小さなショルダバッグを提げているだけだ。買ったものは、それに入る小さなものらしい。コートを着ているのだが、丈は短く、よくそこに腕が通ったな、という袖の細さだった。真鍋が言った表現で、思い出し笑いをしそうになる。

同じフロアにあるカフェに移動し、椅子が二脚の小さなテーブルに着いた。二人ともコートを脱いだ。近づいてきた店員に、津村はミルクティを、小川はストレートティを注文した。

「びっくりしましたよね」小川は話を始める。「急なことで」

「そうなんです。ショックでした」

「あんなことになるなんて、酷いですよね」

「ええ、でも、悪いことをしたんだから……」

「それはそうですけれど……」

「そう、小川さんのところへは、メールが来たんだそうですね」

安藤から聞いたのだ。まだ、彼女からは報告は届いていない。もう一人の繁本と話ができていないのかもしれない。

「はい、そうなんです。お金も半分戻ってきました」

「いいなぁ」津村は、切なそうな表情を見せる。どうも大袈裟で、下手な役者の演技みたいだった。「私にも、少しでいいから、戻してほしかったわ」

「そのつもりでいたのかもしれません。その途中で、殺されてしまったんです」

「誰なんでしょう？　私たち三人のほかにも、まだ恨みを買うような人がいっぱいいたんでしょうね」

「彼、女性の友達の話とか、していませんでした？」

「いいえ。私の前では、もの凄く真面目な人でした。もう、すっかり信じてしまって」

「でも、ホストクラブもどき、ですか、そこで働いていたって……」

「あれは、夜だけですよ。だって、昼間は銀行で、夜はお店でバイトって、凄いと思いませんか？　遊ぶ暇もないんですよ。なんか、実家へ仕送りをしないといけないって話していて、それ聞いただけで、私、もう泣けてきちゃって……。小川さんにも、そうでした？」

「あ、いいえ、実家の話なんて、聞いたことありません。津村さんは、一度、地元へ帰られたそうですね。結婚をするためだったのですか？」

「そうなんですよ。もう、本当に腹が立つわぁ、親戚にも友達にも、みんなに話してしまって、恥ずかしいったらない」

「どちらなんですか？　ご実家は」

「私は、豊橋《とよはし》です。愛知《あいち》県の」

「ああ、あちらですか」

「小川さんは？」

「あ、私は、静岡です」上村になったつもりで嘘をついた。「繁本さんも、そちらですか？」

「あの人はね、えっと、岐阜《ぎふ》ですね。ジュンジュンのラジオが、東海四県なんです」

「ああ、そうなんですか」

ジュンジュンというのは、安藤順子のことらしい。東海四県とは何だろう、あとで調べよう。もしかしたら、静岡も入っているかもしれないので、尋ねるわけにもいかない。

「金曜日に、行けなくて本当に残念でした。せっかくお誘いいただいたのに」小川は、話題を変える。「ずっと、三人で？　場所はどこだったんですか？」

「そう。えっと、この近くですね。一次会はしゃぶしゃぶで、そのあと、場所を変えて、どこだったかな、ああ、この線路のむこう側のホテルのラウンジへ行きました」

この場所は、殺人現場からは、車なら十五分か二十分である。しかし、ずっと三人一緒では、抜け出すことは不可能だろう。

飲みものが届いたので、カップに口をつける。津村の指には、複数の指輪があった。その細い指で鉄パイプを握ったとは思えない。

結局、そのあとは、当たり障《さわ》りのない話題になってしまった。津村は、とにかく金額が一番ショックだと繰り返した。結婚については、騙されて結婚するよりは良かったのではないかと考えている、と話した。意味が今一つわからなかったが、悪い人間だと事前にわかったのが、最悪ではなかったという解釈らしい。一旦は、仕事を辞めたつもりだったのに、また復帰して、損失を取り返すため、今まで以上に仕事に懸けようと頑張っている、という。

あまり、こちらのことをきかれなくて助かった。店のレジでは、割り勘で支払い、店を出たところで別れた。

時刻は三時である。次の約束は、ここから近い。デパートにCD売り場がないか、と案内で尋ねてから、そのフロアへ向かった。

4

CD売り場は期待外れで、見るべきものはなかった。ついでに、オーディオ機器も見にいったが、珍しいものは置かれていなかった。以前に比べて、売り場が縮小されている。不況なのだから、しかたがない。

デパートを出て、駅へ歩き、電車に乗った。

R大に到着したのは、約束の時刻の十分まえだ。学部はわかっているので、入口の案内図を見て、そちらへ歩く。途中で電話をかけた。メールに番号があったから、かけても良いという意味だろう。

「もしもし、田辺先生でいらっしゃいますか。小川と申します」

「はいはい。場所はわかりますか？」

実に適切な案内をしてもらい、迷うことなく、彼の研究室に到着した。いかにも大学といった雰囲気の部屋で、片側の壁はすべて書棚だった。デスクの近くにもテーブルが幾つか置かれていて、その上には、書類なのか資料なのか、それぞれ三十センチ以上平積みになっている。一言で表現すれば、雑然、である。

ここに座れと言われた場所に腰掛けた。二人がやっと座れる小さな木製のベンチだった。田辺は、四十代だろう。丸いメガネをかけ、髪は長い。体格は細く、背も高くない。デスクの椅子を移動させて、小川の前に座った。

「最初のときは、行方不明でしたか？　その話ですよね。それが、一昨日は警察から呼び出されて、殺人事件。びっくりですよ」

「鳥井さんのことは、覚えていらっしゃいましたか？」

「覚えていますよ。退学しましたからね、そのための書類を作って、教授会で説明をしないといけないんです、指導教官は。ちょうどね、こちらに転勤してきたばかりだったし、それまでは教授会なんか無縁でしたからね、緊張したのを覚えています」

「どうして、彼は、大学を辞めたのですか？」

「書類には、一身上の都合と書くのが習わしなんですが、実情は、父親が亡くなって、仕送りがもらえなくなったから、授業料が払えない、というような、つまり経済的な事情でした」

「成績ではなかったということですね？」

「いえ、成績も理由の一つでした、進級が難しい状況で、留年になりそうでしたから。そうなると、ますます学費が増えるし、奨学金も申請できないので、退学する決意をしたということですね」

「結婚をするとか、就職をするとか、そんな話はありませんでしたか？」

「うーん、なかったと思います。結婚なんて話は普通しません。就職については尋ねましたが、具体的なことは言わなかったように記憶しています。まあ、これから探すのか、とりあえずバイトでもするのか、と思いました」

「実家に帰るような話は？」

「そんな話もしなかったと思います。どこだったかな、覚えていません」

「新潟だと、野球部の部長さんが」

「そうですか。いえ、記憶にはありません」

「どんな感じの人でしたか？」

「そうですね、まあ、見たところは、すっきりした好青年。爽《さわ》やかなタイプで、もてたんじゃないかな」

「話が上手い方ですか？」

「そんなふうには感じませんでしたね。警察に行ったとき、同級生だった二人が来ていたんです。えっと、私は彼らには面識がなかったのですけれど、その二人も、鳥井のことはあまり印象にない、と話していて、結局、見ても本人だとは確認できませんでした」

「先生は、いかがでしたか？」

「私は、本人だと思いました。でも、百パーセント確かとはいえません。十年もまえですからね。ご両親とも亡くなっていて、兄弟もいないそうです。親族には、連絡が取れないと、警察の方が困っていました」

父親が十年まえに死に、その後、母親も死んだということか。一旦は実家に帰ったのかもしれないが、また上京して、一人で暮らしていた。そして、東海地方へも出向いて、結婚詐欺をした。

「本当に、彼は結婚詐欺をしたのでしょうか？」田辺が呟くように言った。「警察の人から、前科はないと聞きましたが……」

詐欺が立証されるまえに死んでしまったのだから、前科者にはならずに済んだ、ということか、と小川は思った。

ドアがノックされて、男性が入ってきた。

「野球部の監督です」田辺が紹介してくれた。

「新島《にいじま》といいます」小川に頭を下げ、名刺を差し出した。「小谷野さんから、会うようにと言われまして」

新島は、まだ三十代だろう。日焼けしているし、髪が短い。田辺とは対照的だった。

「小谷野さんに、小川さんが来ると話したから、それでですね」田辺が言った。

小さな木製の椅子しか座るものはなく、新島はそこに腰掛けた。

「鳥井さんをご覧になりましたか？」小川は尋ねた。

「私は、警察へは行っていません。呼ばれてもいません」新島は答えた。緊張したしゃべり方である。「私は、鳥井君のことをよく覚えています。ただ、話をしたことはほとんどありません。野球を指導しただけです。彼は左打ちで、内野手でした。肩が弱いので、外野には使えなかった。交替要員でした」

急に野球の話になり、そこで沈黙が下りた。

「前山さんは、どうですか？」小川は、話題を探して質問した。ホストクラブもどきの店員の一人だ。「鳥井さんよりも、後輩だと聞きましたが」

「前山は……、ええ、まだ最近ですね。あれは、守備の良い選手でした。レギュラでしたよ。打順は、七番か八番でしたが、えっと、彼は左利きで、ライトかセンタでしたね」

「そうですか、細いですよね、野球をやっていたにしては」

「そうそう。パワーがなくてね、バッティングはお粗末でした。足もさほど速くはなかったですね。筋肉がついていない。最近の子は、勉強ばかりしているからか、背は高いけれど、ひ弱なんですよ。腰に力が入れられない」

「あの、鉄パイプとかで、練習することはありませんか？」突然自分でも驚きの質問をしてしまった。なんとなく、そんな光景が思い浮かんだのだ。

「鉄パイプですか？　いえ、ありませんね」監督は笑った。「重いものを振っても、躰を痛めるだけです」

「でも、タイヤとか引きずって、トレーニングするんじゃないですか？」

「ああいうのは、最近は滅多にしませんね。ちゃんと、ジムがあって、所定の器具を使います。行き過ぎた負荷を加えても故障するだけです」

そのあと、巨人軍の話になった。まったく、鳥井の話は聞けなかった。

三十分がたちまち過ぎ、田辺の部屋を出た。監督も一緒に通路を歩く。

「小川さんは、探偵なんですか?」新島がきいた。それは、小谷野から聞いているはずである。

「ええ、いちおう」と答える。

「じゃあ、護身術とか習っているんですね?」

「え? ああ、ええ、ほんの少しですけれど」

「危険な仕事ですよね。危ない目に遭ったりしませんか?」

「何度か殺されかけました」

「そうなんですか」どういうわけか、嬉しそうな顔をする野球部監督だった。

5

護身術で思い出したのは、W大の西之園のことだった。彼女の影響で、一時、習いにいったのだが、さきほどの話のとおり、負荷がかかりすぎたのか、躰が痛くなるばかりで、自分には向かないと、途中で諦めたのだ。

思い切って電話をかけてみたら、西之園はあっさり捕まった。大学にいるという。

鉄道では乗り継ぎが面倒なので、タクシーを拾った。

W大は久し振りだ。まえと同じ部屋だと聞いた。覚えているかな、と自信がなかったが、門から入ると自然に道順を思い出した。

夕方の五時を過ぎ、もう、空は紫色だった。日が短くなったな、と思う。キャンパスの銀杏は、しかしまだあまり散っていない。

ドアをノックする。綺麗な声で返事があった。

「失礼します」と言いながら部屋に入ると、驚いたことに、西之園以外に三人がこちらを向いた。

以前は、この広い部屋に彼女一人だったのだ。それが、手前に学生と思われる若者が、壁に向かって座っている。それぞれにデスクがあって、大きめのモニタに図面のようなものが映し出されていた。二人が男性で、一人が女性だった。彼らは、小川に軽く頭を下げ、すぐにモニタを向いてしまう。奥に衝立があり、そこから西之園が顔を覗かせ、手招きする。

学生たちの後ろを通り、衝立の中へ。そこにデスクとソファがあった。

「お久しぶりですね」西之園が言った。「どうぞ」そう言って片手を伸ばす。

「急に思い立って来たので、すみません、手ぶらなんです。学生さんですか？　なにか買ってくれれば良かった」小川はコートを脱いだ。

「もうすぐ、みんなご飯を食べにいくでしょうから、いりませんよ」西之園は微笑む。

相変わらずだ。白いセータに黒のスラックス。髪は長くなっている。えっと、この人はいくつなんだろう、と思ってしまう。普通では出会えないような美しさであった。

「これといって、用事もないんです」小川はソファに座った。「でも、まだ探偵事務所で働いております。今度、事務所を任されることになりました」

「独立ということですか?」

「そうです。儲からないから、社長が手を引くみたいな感じですね」

「まあ、面白い」西之園は両手を口の前で合わせ、目を丸くする。そうか、口を開けるときには、そうするのがマナーなのだ。私は、その仕草が面白い、と小川は思った。

「そういえば、もうずいぶんまえのことですが、ここの図書館に、私がその社長と一緒に来たとき、西之園先生をお見かけしました。そのときが、初めてだったと思います」

「え、いつだろう、覚えていないわ」

「いえ、ご挨拶をしたわけではないのです。ただ、その、接近したというだけです。社長は、西之園先生を知っているようでしたけれど、なんか、隠れてしまって……」

「隠れた？」西之園が首を傾げた。

「よくわかりません。顔を合わせたくなかったのだと思います」

「社長さん、お名前は何とおっしゃるのですか？」

「椙田です」

「椙田さん？」

「当時は、椙田事務所だったんですよ。そのあと、名前を変えました。西之園先生をお見かけしたあとのことです」

「そう……」西之園はゆっくりと頷いた。

「あの、椙田をご存じなのですか？」

「ええ」今度は小さく頷く。じっと、小川を見据えていた。しかし、視線を逸らし、そのあとの言葉は出てこなかった。

「どんなご関係だったのでしょうか？　教えていただけませんか」

「いいえ、ちょっとした知合い。椙田さんも、私のことをよく知っていると思います。

でも、もう、ずっと以前のことですし」

「美術品の鑑定の仕事を専門にしております。その関係ですか？」

「美術品……、ええ、そのとおり」西之園は微笑んだ。その表情を見て、小川は少しほっとした。「小川さんは、椙田さんとは親しいのですか？」

「いいえ」小川は首をふった。「滅多に会うことがありません。いつも電話です。最初は、秘書をするのだと思っていたのに、完全に仕事を任されたといった感じで、ええ、大変な仕事を引き受けてしまったなと思いました」

「事務所を、椙田さんは辞めるのですか？」

「そうみたいです。どこか遠くへ行くみたいな話をしていました。これまでも遠くにいたと思いますけれど」

「そうですか」西之園は、そこで小さく溜息をついた。

男子学生が衝立から現れた。コーヒーカップを二つトレィにのせている。挨拶するでもなく、口もきかず、テーブルにそれを置いて、そのまま立ち去った。

「いやいや出てきたコーヒーですけれど」西之園が囁く。

「ありがとうございます。いただきます」小川は、カップに手を伸ばした。

「今は、どんなお仕事をされているのですか？」西之園が尋ねた。

「先週からは、結婚詐欺の調査です」小川は答える。「依頼人は、その詐欺の被害者で、行方不明の詐欺師を捜し出してほしいと」

「結婚詐欺というのは、具体的にどういう犯罪なのですか？　結婚すると見せかけて、最後の最後で結婚しない、ということですか？」

「いいえ、そうではなく、結婚すると思わせ、お金を借りたりするのが、一般的ですね」

「あ、そうか、結婚相手だったら、お金の融通をしますよね」

西之園にとっては、そういう世界は遠い国の物語なのだろう。彼女の悠長さが可笑しい。

「その場合、言葉で貸してくれと言わなくても、その相手にプレゼントしたり、貢いだりしますよね。そういうのも、犯罪になりますか？」

「立証が難しくなる場合もあるとは思いますけれど、常識的に考えて、結果的に騙していたのなら、詐欺になるのではないでしょうか」

「でもね、たとえば、二人の新居として家を買ったといった場合は、どうなのですか？　一人では、大きすぎるという話になって……」

「さあ、どうなんでしょう」小川は笑った。「ご興味がありますか？　あとで調べておきます」

「いえ、自分で調べます」西之園は両手を広げてみせた。

その後の話題は、オーディオについてだった。西之園から趣味は何かときかれたので、音楽を聴くこと、真空管アンプが好きだ、と答えたところ、さらに専門的なテーマに突入した。真空管とはどういう部品なのか、ときかれ、トランジスタ以前のパーツだと話すと、その機能について質問された。

「真空にしてあるのは、電球と同様に、熱で燃えてしまわないためです。ガラスの中で、電極から電極へ電子が飛ぶんです。その途中にもう一つ電極があって、そこにかける電圧を少し変化させるだけで、そこを通り抜ける電子の量が大きく変わります。この性質を利用して、電気信号を増幅することができます」一気に説明してしまったが、そこでじっとこちらを見据えている西之園に気づき、小川は言葉に詰まった。

「あ、あの、こんな説明じゃあわかりませんよね」

「いいえ、よくわかります。なるほどなって思いました。おそらく、逆方向へは電流を流さないような機能もありますね。つまり、トランジスタやダイオードと同じです。だから、役目を終えたわけですね」

「そうです。そのとおりです」

「それなのに、今でも真空管を使うメリットは？」西之園が尋ねる。

「それは、ありません」小川は答えた。「人間のノスタルジィです。エネルギィ的に無駄ですし、電圧が高くて危険だし、熱は出るし、サイズを小さくできないし、立ち上がりが遅いし、おまけに寿命が短い、良い点はなにもありません」

「家庭用のコンセントが百ボルト、二百ボルトなんて高い電圧なのも、そういう部品が昔は多かった、ということですか？」

「あ、そうかもしれません。そこまでは考えたことはありませんでしたけれど」

話が一段落した頃には、コーヒーもなくなっていた。小川は、西之園の研究室を辞去した。どうして、真空管の話なんかしたんだろう、大学にいると自然にアカデミックになるのかな、と首を捻《ひね》りながら、暗くなったキャンパスを歩いた。

西之園は、工学部の先生なのだから、電気の話が通じても不思議ではない。でも、彼女の専門は建築だ。分野が違いすぎるだろう。自分だって、その方面の知識は恥ずかしいかぎりだ。ただ、アンプや真空管についてだけは、特別に勉強をした。彼がその話をよくしたからだ。

人間の場合も、好きな人がいて、その人のちょっとした変化が、結果的に大きな影響をもたらすことがある。これは、つまり真空管の増幅作用と同じかもしれない。

たとえば、愛する人の笑顔を一度見ただけで、一日仕事で頑張《がんば》れる。数秒間の笑顔が、大きな仕事を導くことになるのだ。でも、それは、笑顔を見せた人の能力ではない。仕事をする人間がもともと持っていた能力だろう。それが、笑顔で引き出されただけだ。

パートナを失ってからの小川は、誰が見ても無能である。ということは、やはり、彼女の能力を引き出してくれる人物の存在の問題なのだろうか。もともと能力を持っているはず、と自分に言い聞かせるだけで、改善されるだろうか。

大学の門を通った。歩いているのは、若者が多い。駅へ向かう道は、人通りが多く、狭い幅の歩道は、混雑していた。自転車が、車道へ下りて、人を追い抜いていく。それに対して自動車がときどき警笛を鳴らす。駅へ近づくにつれて、そういった雑踏のノイズが大きくなった。多くの人は、このノイズを聞いていないはず。人の脳がフィルタ処理するのだ。

西之園が知っている椙田のことを、小川も考えなかったわけではない。

西之園は、椙田の弱みを握っているのだ。椙田が、西之園になんらかのアプローチをして、しっぺ返しを食らった、みたいな極端な状況まで想像してみたこともあった。ありそうなことだ。

しかし、椙田はもう西之園には近づかない。西之園も、関わりがないならば、それで良い、といった雰囲気である。これ以上、自分が知るようなことではないだろう。なんでもかんでも、隅から隅まで知り尽くすことが良いとは限らない。そういうのは学問だけに限られる方法だ。人は、あるところで好奇心のスイッチを切る。新しいものを見て、新しい楽しさを探すために必要なスイッチなのだろう。

6

帰宅して、一人分の夕食を作っているときに、電話がかかってきた。小川は、コンロの火を止めてから、電話に出た。

「あの、繁本と申します。小川さんですか？」

「はい、小川です」

「なにか、私に連絡を取りたいと聞きました」

「あ、本当はお会いしたいんです。今は、どちらにいらっしゃるのですか？」

「岐阜ですけど……」

「遠いですね、ちょっと……」小川は言う。岐阜は、名古屋《なごや》のむこうか。

「どんなお話ですか？　電話では駄目でしょうか」

「いいえ、電話でも大丈夫です。あの、鳥坂さんから、最近メールが来ませんでしたか？」

「小川さんのところに来たって、聞きましたけど」

安藤順子が話したようだ。状況を説明せずに済んで助かった、と小川は思った。でも、自慢しているように取られないよう、注意が必要かもしれない。

「そうなんです。びっくりしました。どう捉えて良いのかと。繁本さんのところへは連絡がありましたか？」

「いいえ、なにも」

「そうですか。ごめんなさい、変なことをきいてしまって……」

「いえ、もう、気持ちの整理はつきました。高い授業料だったなって」

「そうですよね」

繁本は、どんな感じの女性なのだろう。声がとても綺麗だ。声優かナレータをしても良さそうな甘い声だった。ちょっと舌足らずのところがあって、そこがまたチャーミングでもある。

「繁本さんは、お勤めはどちらですか？」

「地元の商社の事務員です。結婚して退社するつもりだったんですけれど、忙しい時期だったので、いつ退社しようかって、ぐずぐずしていたんです。でも、それで助かりました。小川さんは、退社されたんですよね？」

「ええ、そうなんです。復職できない職場なんです」小川は、上村になったつもりで答える。「津村さんも、一旦は辞めたんですよね」

「彼女は、自由業だから、すぐ復帰できますよね。普通の会社はそうはいかないから、大変ですね。小川さん、次の仕事を見つけられました？」

「まだです。就活中です」

「東京でですか？」

「ええ……。繁本さんは、その、結婚のことを、ご両親には話されたんですか？」

「もちろんです。今は、二人の怒りを収めるのが私の役目です。実はまだ、鳥坂さんが殺された話はしていません。年寄りにはショックが大きすぎるんじゃないかと思って……。こちらでは、ニュースにもなっていないし、もうずっと黙っていようかと思っているくらいです」

「誰の仕業《しわざ》だと思いました？」小川はきいた。

「そうですね……、あの人、以前から、同じ手口で沢山の人を騙していたんじゃないでしょうか。それで、たまたまどこかで見つかってしまい、仕返しをされたんだと思いました」

「そういう、昔の話、なにか聞かれたんですか？」

「いいえ、全然」繁本は否定した。これは津村の場合と同じだ。「なんというのか、女がいるように見えない人なんですよね。真面目だし、奥手だし。なんか、少し頼りないところがあって……。あ、でも、あれも全部演技だったんですね。本当に、すっかり騙されました」

「そうですね……、本当に」

「同じ時期に、何人も相手にしていたなんて、もうそれがわかっただけでも、夢から覚めた思いがしました。津村さんに会って話をしているうちに、本当に目が覚めたんです。小川さんとも、いろいろお話がしたいですね。一人でいると滅入ってしまうでしょう？　いつか、お会いして、一緒に飲みませんか？」

「ええ、そうですね。こうしてお話ししているだけで、効果がありそうです」小川は、相手に合わせて話す。

「土日は、たいてい会っていたと思っていたんですけどね」繁本が言う。

「繁本さんは、お休みは土日ですか？」

「そうです。小川さんもそうですよね。よくやりくりしていましたよね」

津村は、平日でも休めただろう。三人を相手にするのは、かなり大変な労働といえるかもしれない、と小川は想像した。

それに、安藤は、まだもう一人いると話していたではないか。

繁本は、地元の警察に被害届を出していた。その加害者と思われる男性が東京で殺されたので、地元の警察にそれを知らせたところ、まだその件について、担当者は知らなかったそうだ。

「結局、全然調べてくれていなかったみたいです。書類を作るだけで終わりというか、全国に情報を流しておきますなんて言ってましたけれど、つまり、みんなが参照できるデータとしてつけ加えられた、というだけなんでしょうね」

「そうかもしれませんね」小川はさきほどから相槌を打つばかりだった。

二十分ほど話をしてしまった。繁本という女性は、おしゃべりだ。キッチンに戻ると、フライパンの中はすっかり冷めていた。火をつけてから、小川は目を瞑り、首を回した。自分は疲れたみたいだ、と認識する。

たぶん、上村の振りをして、つまり、自分が結婚詐欺に遭ったように装っていることに疲れたのだろう。

実際、鳥坂とどこかで知り合って、そんな仲になっていたら、自分も騙されただろうか、と考えてみた。料理が出来上がるまで考えた結果は、たぶん騙されていた、だった。

7

翌日には、野村刑事と電話で話すことができた。

現場の捜査は、ほぼ完了したそうだ。アパートも捜索し、鳥井信二がそこで生活していたことはほぼ断定された。もちろん、殺されたのも本人との結論だった。アパートは施錠されており、その鍵は、鳥井自身が身に着けていた。部屋に入るまえに襲われたのだろう、と野村は語った。

「現金は見つかりましたか？」小川は尋ねる。

「数万円ですね。財布に入っていた額です。部屋からは見つかっていません。通帳がいくつかありましたが、どうも最近使った様子がない。現在調査中ですが、おそらく日頃利用していたのは、通帳のないネットの銀行だと思われます」

「その場合、パスワード生成機があると思うんですけれど」

「ええ、まあ、そういう意味です」

なるほど、既に見つかっているわけだ。

「そこに、預金がどれくらいあったのでしょう？」

「手続きをしないと、調べられないのです。もうすぐわかります」

どれくらいの金額が残っていただろう。いずれにしても、被害者が特定され、その被害額の比率に応じて返却されるには、しばらく時間を要する。

「アパートの部屋はどんな様子でしたか？」

「どんなというと？」

「贅沢品《ぜいたくひん》などはありましたか？　大金を使った様子はなかったでしょうか？」

「そうですね、わかりませんけれど、馬券や宝くじはなかったし、部屋は、質素そのものでしたね。まるで、学生の下宿のようでした。冷蔵庫には、野菜がありました。自炊していたみたいです」

「そうなんですか……」

「得てしてそんなものです」

「どういうことですか？」

「人様の金をちょろまかすような人間でも、けっこう真面目に生きている、彼らなりの生活がある、ということです。特に、窃盗犯や詐欺師とかは、全然異常者ではない。仕事なんですよ、盗ったり、騙したりするのが、彼らの商売なんです。真面目に働いているわけです。それに比べたら、人殺しは人種が違いますね」

それはそうだろう。人殺しを商売にしていたら大変だ。

彼のアパートを一度自分も見たい、と思ったので、それを話すと、管理人に言えば見せてもらえるだろう、とのことだった。既に、警察の捜索は終わっている。犯行は屋外であり、部屋には加害者に関する情報はない、との判断のようだ。

野村によれば、今のところ、殺人犯の目星はまったくついていない。被害者は、勤め人でもなく、彼を知る人物が周囲に存在しない。もちろん、詐欺に遭った女性たちは、彼をよく知っている例外的存在であるが、この場合、彼が別の人格を装っているため、まったく参考にならない。そういう難しさがある、ということだった。

小川の依頼人について何度か野村は尋ねた。やはり、繁本と津村にアリバイがある以上、残るもう一人に目が向くのだろう。怪しいところはないか、ともきかれてしまったが、小川はそれをきっぱりと否定した。

水曜日には、鳥井信二とR大学で同級生だった人物にも、会うことができた。これは、小谷野助教の紹介だった。二人とも別々に訪ねていった。いずれも一流企業の社員であり、見るからにエリートだった。鳥井については、どちらも、印象の薄い人間だった、と語った。一緒に遊びにいったり、飲みにいったことはない。ただ、名前を知っている程度だった。

同じ日、鳥井信二のアパートを見にいくことにした。

地下鉄の駅を出て、坂道を上がっていく。帰りは、あの階段で戻ろうと決めていた。既に警察の現場捜査は終わっている。アパートは、駐車場に車がなく、どの窓も閉まっていた。管理人は一号室だと野村から聞いている。

その部屋には、腰の曲がった老人がいて、小川を仰ぎ見るように睨んだ。名刺を見せ、調査をしている。警察にも許可を得ている。先日殺された桐谷さんの部屋を見せてほしい、と説明した。

老人は、鍵を持ってきて、これで開けて入ってくれ、と小川に手渡した。乱暴なことをするものだ、と思ったが、お礼を言って、その部屋に向かった。二階の奥から二番めだった。

どの部屋も人気がない。それは、管理人室も同様だった。中でひっそりと暮らしている、たぶん老人か、という想像をした。若者であれば、このような場所には住みたくはないだろう。たとえば、友人とか恋人を呼べる雰囲気ではない。

通路には、段ボール箱やプラスティックのゴミ箱が出ていた。ただ、三番めのその部屋の前にはなにもなかった。比較的片づいている、ともいえる。

鍵がかかっていることを確かめたあと、キィを差し入れて解錠した。ドアを開けると、狭い玄関がある。靴は一つもない。部屋の中は暗かった。

ドアを閉めると、ますます暗くなりそうなので、開けたままにする。一番奥に窓があるのだが、厚い布のカーテンが閉まっていて、光を通さないのだ。

キッチンは三畳くらい、奥が六畳間か。仕切りはない。キッチンはピータイル、奥は畳の間だ。家具は少ない。奥には、三つに折り畳まれたマットレスがあったが、布団《ふとん》はのっていなかった。押入かもしれない。

まるで引っ越したあとのような雰囲気だった。靴も布団も、その他多くのものを、検査のために警察が持っていったのだろう。靴を脱いで上がったが、スリッパもない。床の冷たさを感じた。

照明のスイッチを見つけて、それを指で押した。蛍光灯が遅れて光った。キッチンの蛍光灯である。シンクは、古いが汚れてはいない。掃除が行届いているようだ。小さな冷蔵庫があった。開けてみたが、なにも入っていない。電源が切られているようだった。

小川も、働き始めた頃は、こんな場所に住んでいた。学生の頃と同じアパートだったのだ。そう、これは、それくらい古い生活の風景だ。

鳥井は、小川よりは若い。でも、現代の若者ではない。ここにあるのは、そういう取り残された時代のような空気だった。

この場所に長くいたとは思えない。おそらくは、ただ寝泊まりに使っていただけなのだろう。現に、東海地方へ頻繁《ひんぱん》に出かけて、そこではホテルに泊まっていたはず。

それでも、この部屋に戻ってきたのだ。この現実に。ここに一人の男の人生があったかと思うと、ぞっとするほど、寂しくなる。

人間とは、こんなに寂しいものか。

何だろう。自分が植物だったら、動物って大変なのね、と溜息が出るような、そんな虚《むな》しさである。だが、自分も同じ人間なのだ。

自分だって、一人で暮らしている。

ここよりは、多少贅沢な部屋にいるし、音楽をかけたり、料理を作ったりする。

でも、基本的に一人だ。

そう、ここに残っているのは、孤独の跡なのだ。

そして、小川だけではない。上村も、津村も、繁本も、みんな一人だ。一人だったから、その孤独から抜け出そうとしたのだ。

もしかしたら、鳥井信二は、結婚詐欺を行うことで、自分の孤独を解消していたの自身も驚いていたのではないか。彼の持っている孤独が、女性たちには見えた。だから、信用されたのだ。

まったくの想像だが、そう考えると、上村に半額を返そうと考えたことが、少しは理解できそうな気がした。きっと、上村が一番健気《けなげ》だったのだろう。鳥井は、彼女のことが可哀相になった。騙して悪かった、と言ってやりたかったのだ。

上村が話したように、鳥井はおそらく借金を抱えていたのだろう。騙し取った金は、その補塡《ほてん》に使われた。少しだけ残ったうちから返金した。そんなストーリィがしっくりくる。もちろん、しっくりくるだけだ。そうあってほしいという、単なる願望にすぎない。

誰かが近づいてくる足音が聞こえた。階段を上がり、通路をこちらへ向かっている。

開いたままだった戸口に、人影が立った。

逆光で顔がよく見えなかった。

「小川さん」野村刑事の声だった。「あんたも変わった人だね」

「それ、まえにも言われました」と小川は応えたが、それを言ったのは、別の刑事だったかもしれない。敬語ではなく、受身であれば、間違いではない。

8

野村と二人で、アパートの脇の階段を下りていった。時刻はまだ三時過ぎだが、日が傾いたせいで気温は下がっている。風が冷たい。特に、日の当たらない場所のためか、いっそう寒く感じられた。

「この階段の途中のどこかに、鉄パイプを隠しておいたのかもしれませんね」小川は言った。「この階段を使って逃げなかったのは、どうしてでしょうか？」

「夜は、ここは人が通らないみたいですよ」

「だったら、なおさら、こちらを使うのでは？」

「暗いから、足許が見えないし、走れないから……」

「途中に行き場がないですしね」

「とにかく、現にむこうの坂を下っていったのです。下のコンビニのカメラに写っていました。時間からしても、まずまちがいない」

「コートは何色でしたか?」

「カメラはカラーではありません。色は、グレイかベージュか、それともピンクか。白っぽいけれど、真っ白ではない」

「目立つ、明るい色ですね。人を襲うつもりだったら、もっと黒っぽい服を着てくるはずです。血が飛び散る可能性もあります」

「そうですね」

下の道路に出た。しばらく駅の方へ歩いたところに喫茶店がある。そこで休憩することになった。

「どうして、調査を続けているんですか? 趣味ですか?」野村がきいた。

「違います。依頼人から要望があったので、仕事を続けているだけです」

「どんな要望ですか?」

「それは、詳しくは申し上げられません。ただ、鳥井信二さんに関する調査です」

「変な依頼人だと思いませんでしたか?」

「そうですね、変だとは思いませんが、たしかに、少し意外に思いました。でも、頼まれたことをするのが、私の仕事です」

「けして他言《たごん》はしない。警察の捜査には使わないと約束しますから、その依頼人について教えてもらえませんかね？　重要な参考人だと思われます。ここは、お互いに冷静になって、取引をするのが、理にかなっていると思うんですが」

「そうかもしれません」小川は頷いた。

そこへ、コーヒーが運ばれてきた。野村は小川を見据え、無言で頷いた。満足そうな表情だ。小川は、上村恵子のことをいつまでも隠せるとは考えていなかった。鳥井とメールをやり取りしているし、送金した記録も残っている。既に警察は上村のことを突き止めている可能性だってある。

「依頼人の名前は申し上げられませんが、職業は公務員で二十代後半の女性です。彼女は、鳥井さんと結婚するために退職し、しかも東京へ出てきました。職場にも両親や親戚にも、結婚をするのだと言ってしまった以上、地元にはもう戻れない、と話しています。あと、私の想像ですが、とても大人しい感じの人で、もしかしたら、鳥井さんは、彼女とは本気だったかもしれない、と考えています」

「どういう意味ですか。詐欺ではなかったと？　つまり、本当に結婚するつもりだったと？　そういうことですか？」

「そうでなければ、お金を返すということが考えられません」小川は言った。「きっと、どうしても現金が必要だった。そのために、お金を集めた。しかし、予想以上に上手くいって、大金が集まったので、余った分を返金したのだと思います」

「なるほど、それで許してもらい、結婚しようと考えていた……」

「はい、そうじゃないかと」

「では、殺人はどうして起きたのでしょうか？」野村は尋ねた。

「それは……、金を渡しても、切れなかった関係があったのではないかと」

「足を洗おうとしたが、許されなかった。知りすぎていたし、もう役に立たないと判断され、消されたというわけですね？」

「はい、そう思います」

「しかし、実行犯は、女性である確率が高い」

「本当にそうでしょうか？」

「というと？」

「犯人は、彼が結婚詐欺を働いていたことを知っていたと思います。ですから、女性に恨まれている、女性が殺した、と装ったのではないかと。わざわざ、高い声を上げたり、カメラが設置されている方角へ逃走したり……」

「では、男性だというのですか？」

「鉄パイプを使う女性はいないと思います」

「しかし、ヤクザも鉄パイプなんか使いませんよ。刃物か拳銃でやるのが簡単だ」

「刃物では、返り血を浴びるかもしれません。拳銃を使ったら、女性の犯行だと思わせることが難しくなるのでは？」

「まあ、女性によりますね。でも、たしかに素人《しろうと》が扱えるとは考えない」

「犯人が二人いた、という可能性はないでしょうか？」小川はきいてみた。

「それは、今のところ、考えておりませんが、もちろん、可能性がないわけではないと思います」

「鉄パイプで襲ったのは男性で、その男は階段から逃げる。一緒に来ていた女性が、坂を下っていった。声を上げたのも彼女です」

「カップルの犯行ですか……。面白いですね。女の方が金を騙し取られた。仕返しするために、男を連れてきた、といったところでしょうか」

「そう考えて良いかと」

「その場合、女と話をしているところを、後ろから男が襲うというのは、確実性が増しますね」

「はい」小川は、少し嬉しくなった。

「残念ですが、小川さん、その可能性は低い」野村は、口を斜めにして、にやりと微笑んだ。

「どうしてですか？」

「さっきの階段を下りてきたところ、向かいの銀行のカメラがあそこを捉えているんです。犯行のあった時刻の前後含めて一時間ほど、あの階段を下りてきた人間は一人も写っていませんでした」

「そうなんですか……。一時間も、誰も通らなかったのですか？」

「ええ、そうです。いや、上っていった人は、二人写っています。男性かな、という感じですね。二人一緒ではなく、一人ずつです」

「それは、誰ですか？」

「わかりません。あのアパートの住人と、近所の人には話を聞きましたが、誰も通っていないそうです」

「では、鳥井さん本人では？」

「一人は、そうかもしれませんね。鳥井さんは、坂の方のカメラには写っていませんでしたから、階段を使ったのでしょう。どこかに寄った、ということです。この近所の店か、あるいは、ポストか」

「上るのは、階段の方が楽だからでは？」小川は言った。

「そうですか？　楽でしょうか？」

「もう一人の男性が気になります」

「いえ、男性とはかぎりません。カメラは遠いので、特定は無理です。ただ、誰も下りてきていないのは証明できます。もう一人は、鳥井さんを尾行してきた犯人の可能性もあります」

「鉄パイプのようなものを持っていましたか？」

「映像では、確認できません」

「白っぽいコートは？」

「着ていません。服装は黒っぽくて、コートのようには見えません」

「そうですか……、では、鉄パイプは、やはり、階段のどこかにあらかじめ隠されていたのですね」

「その可能性はあります」

「衝動的な犯行ではなく、計画的だった」小川は言った。

「まあ、証拠が沢山ありますから、近いうちに挙げられると思いますよ」

「そう願っています」小川はそこで溜息をつき、カップに口をつけた。

野村もコーヒーを飲んだ。目を細め、窓から外を眺めている。小川も外を見た。銀行が見えたが、カメラがどこにあるのかはわからない。たしかに、距離がありすぎる。

「犯人は逃走するとき、駅から電車に乗ったのですか?」小川はきいた。

「調べていますが、確認できません。なにしろ、人数が多い。間違いがあるかもしれないので、確認中ですが、電車には乗っていない可能性が高いです」

「カメラに写ることを避けたのですね」

「さあ、どうでしょうか、コンビニのカメラは避けずにですか?」

「そちらは、意図的だったのです」

「なるほど」野村は頷いた。

タクシーを拾うのは危険だ。記録が残る。また、自家用車を近くの有料駐車場に置いておくのも、やはりカメラが設置されているから危険だ。そうなると、ある程度遠くまでは徒歩で移動しただろう、と小川は考えた。途中で服装を変えたかもしれない。そういったことを、事前に考えて行動したはずだ。

「さてと、では、そろそろ……」野村は立ち上がってコートを着た。

「ありがとうございました」小川は立ち上がってお辞儀をする。

コーヒー代は出すと主張したが、野村が固辞して割り勘になった。

「最近、こういったことには神経質になっているんですよ」野村は店を出てから言った。コーヒー代のことのようだ。「私は、上へ戻ります。近所の聞き込みの再確認です」

「そうですか、ではここで……」

「あ、小川さん」野村が、呼び止めた。

「あんまり根《こん》を詰めない方が良い。躰を壊しますよ、そのうち……。こういうのはね、ビジネスライクにいかないと」

「よく言われます」小川は笑顔で応えた。「ありがとうございます」

「本当に、変わった人だ」

「今後ともよろしくお願いします」

「じゃあ、また」

9

真鍋瞬市は、オムライスを自分で作って食べようとしていた。時刻は午後七時半である。今日は書店に出かけただけだ。就職のためにその分野のことを勉強しておこうという、自分史上かつてない具体性豊かなやる気を出して五冊も本を買ってきた。一万円くらいしたので、そのショックをあとになって感じている。その余波で、しばらく自炊しようと決意したところだった。

チャイムが鳴ったので、玄関へ出てみる。宅配便だろうと思ったら、永田絵里子が立っていた。この頃、彼女は大人びたファッションだ。社会人なのだから、当然かもしれない。

「どうしたの？　電話した？」

「してない。どっきりだからね」

玄関に入ってきて、彼女がドアを閉めた。持ってきた包みを床に置き、ブーツを脱ぐのに時間がかかった。

「何？　どうしたの？」真鍋は少し引き下がった位置に立っている。

「あ、入っても良い？」

「入っているよ、もう」

「上がってもいいかってこと」

「もう、靴脱いでるじゃん」

「煩いな、理屈屋は」

リビングへ二人は入った。

「ほら、これ、ケーキを持ってきたよ」テーブルの上にあった、オムライスの皿を脇へどけて、彼女は、袋から出したケーキの箱を置いた。

「開けてみて」と言ってから、うふふっと笑うのである。少なくとも、怒ってはいないみたいだ。

箱の蓋《ふた》を両手で引き上げる。どっきりかと身構えていたが、ケーキだ。おめでとう、という文字が大きくチョコレートで書かれている。かなり下手な文字で、とてもプロの仕事とは思えない。

「これ、誰が作ったの？」

「私だと思う？」

「思わない」一か八か答えた。

「正解。そうなの、この頃、ちょっと忙しくてね、ディスプレィ制作でさ。で、これはね、そんな多忙な絵里子さんを案じて、ママと姉貴が、初めての共同作業で作ってくれたのです」

「初めての共同作業」真鍋は思わず言葉を繰り返してしまった。

「お誕生日じゃないよ」永田が言う。

「何のお祝い？」

突然、永田はポケットからなにかを取り出し、天井に向かって腕を伸ばす。

高い爆音。

そのあと、細かいテープがテーブルや真鍋の上に降ってきた。

「就職、おめでとう！」

「もうやめてね、近所迷惑だから」真鍋は両手を伸ばして、空気を押す。

「気にしない気にしない。一生に一度のことじゃないですか」

「銃声と間違えられて、通報されるかもしれないよ」

「銃声って、こんな音？」

「知らないけど」

「さ、食べて」

「今、僕、まさにご飯を食べようとしていたところなんだ」真鍋は、テーブルの端にあるオムライスを指差した。

「あ、これ、誰が作ったの？」

「僕しかいないよ、ここには」

「じゃあ、こっちは私が食べてあげる」

「ええ……」真鍋は声を上げる。

永田は立ったまま、スプーンでそれを一口食べた。

「わ、美味《おい》しいじゃん！　天才じゃん。この才能、今まで隠してた？」

「たまたまだと思うけれど」

真鍋はしかたなく、フォークをキッチンへ取りにいき、戻ってきて、椅子に座り、ケーキを食べた。

「美味しい？」とインタビューされる。

「うん」と頷く。

まあ、カステラに生クリームがのっているという順当な味である。絶対に、オムライスが食べたかったが、これ以上主張するわけにもいかない。これくらいの我慢が何だというのか。

「お酒とか、ないの？」永田がきいた。もうオムライスを半分くらい食べている。

「ちょっとだけ、交替しない？」真鍋は、ケーキの箱を永田の方へ押す。「一人で、これ全部は無理だよ」

「そう？　うーん、まあ、そこまで言うなら、しかたがないですね、ママと姉貴が泣くでしょう」

「全部食べたって、言っておいてよ」

「わかったわかった。嘘も方言だ」

「方便ね」真鍋は修正する。

冷蔵庫にビールがあるので、それを開けて、グラス二つに移した。

「かんぱーい」永田とグラスを当てる。

ビールは一口にして、オムライスをさきに食べた。ちょっとだけ腹が落ち着いた感じになって、命拾いした。

「就職するの、いつから？」

「三月からだよ」

「そうなんだ。じゃあ、二月までは何をするの？　もう単位とか取らなくても良くなったわけでしょう？　羨ましい身分じゃない」

「仕事のことで、勉強して、いろいろ準備しておかないといけない」

「ふうん」

「今日もね、本を沢山買ってきた」

これも、テーブルの端に置いてある。まだ袋に入ったままだった。

「嘘でしょう？　エロ本でしょう？」

「開けてみたら」

「うわぁ、どきどき。どっきりなんじゃない？」

「そんなわけないよ」

永田は本を取り出して、一冊ずつ眺めた。

「コンピュータの本ばっかり。どこに就職したの？」

就職する会社、勤め先について、自慢合戦をしたあと、またビールを開けた。たまたま、実家から届いたものだ。いつも米を送ってくるから、そんなに食べられないと電話で話したら、ビールになった。父親の判断だろうか。しかし、普段は一人で飲むことは滅多にない真鍋である。

「でさ、あれって、どうなったの？　真鍋君、知ってる？」

「何が？」

「えっと、結婚詐欺の調査」

「あ、あれね、聞いていない？　死んだんだよ。殺されていたんだ。僕たち、頭が割れている死体を見にいったんだから」

「誰が死んだの？」

「だから、加害者の人」

「死んだら、被害者でしょ」

「そうじゃなくて、結婚詐欺の加害者だった人が、殺人事件で被害者になった、ということ」

「うっそ、なんで？」

「頭が割れたから」

「そうじゃなくて、どうしてそんなことに？」

「それは、謎だね」

「じゃあ、詐欺の被害者が、殺人事件の加害者になっちゃったんだ」

「いや、それは、まだわかっていないはず」

「どうして、頭が割れていたの？」

「あのね、鉄パイプで殴られたんだ。路上でね」

「鉞《まさかり》かと思った」

「まさかり？」

「金太郎が持っているやつ」

「違う、鉄パイプだよ」

「割れないでしょ、パイプじゃあ」

「まあ、スイカみたいに完全に割れたわけじゃないよ。一部オーバな表現でした、お詫びします」真鍋が頭を下げた。

「そういうとこ、好きだなあ。真鍋君、可愛い」

「それは、どうも」もう一度頭を下げる。

永田は、もう酔っているようだ。だいたい、パターンが決まっている。これ以上飲むと、今度は泣きだすかもしれない。危ないなあ、と真鍋は対策を考える。ビールはもうないことにしよう。

「ちょっと、トイレ」永田は立ち上がり、トイレへ歩くが、途中で冷蔵庫を開けた。そして、こちらを見て、口を笑った形にして、ウィンクする。バットマンのジョーカみたいだ。駄目だ、ビールがまだあることを確認されてしまった。

どうしようか……。

まあ、なるようになるしかないか。

電話がかかってきた。小川からだ。

「もしもし、何ですか？」

「どうしたの？　突《つ》っ慳貪《けんどん》じゃない」

「いえ、そんなことないです」

「暇でしょう、君。就職が決まったら、もう卒業しなくて良いわけだから。ちょっとさ、事件のことで議論しない？　話し相手がいなくて、なんだか、考えがまとまらないのよね」

「でしたら、明日くらいに、事務所に出ていきますから、そこで。はい、よろしくお願いします」

「待ちなさいよ、ちょっと。変じゃない。口調が変。どこにいるの？」

「いえ、自分の部屋ですが」

「何してるの？」

「食事をしています。オムライスを自分で作って」

「へえ……」

「じゃあ、また……」

「ちょっと、真鍋君！」

「何ですか？」

「永田さんに会えなくて、寂しいんじゃない？」

「そうでもないです」

「あ、そう。ふーん」

「セクハラじゃないですか、それ」

「セクハラだよ。日頃の仕返しですよ。今から、そっちへ行ってやろうか？」

「お願いだから来ないで下さい。絶対に来ないで下さい。頼みますから」

「何、それ、そんなにお願いされたら、行っちゃうかも」

後ろで音がした。永田が戻ってきたのだ。

「じゃあ、切りますよ。また、今度、よろしくお願いしまぁす」

真鍋は電話を切った。

「小川さんでしょう」

「わかる？」

「うわぁ、危ない関係じゃない？　マジで心配になっちゃったんですけど」

「あの、冗談でもそういうのは言わないでほしい」

「そういうとこ、好き」永田は微笑んだ。

10

「全然変わっていないなぁ」小川は笑った。

実は、永田と電話で話していたので、真鍋のところへ彼女が行っていることは知っていたのだ。先日のお返しをしてやろうと、ちょっと悪戯心《いたずらごころ》で電話をかけた。なかなか、面白い。若いときのことを思い出した。

宝もののアンプに火を入れて、真空管が温まるのを待った。五分ほどして、レコードに針を落とす。

昨日、上村恵子と会った。最初に彼女が事務所に来てから、ちょうど一週間だった。調査結果をまとめてレポートを作り、同時に請求書も渡した。調査にかかった費用だけで、自分の人件費は入れなかった。せめてもの気持ちである。なにしろ、見つけ出すまえに、その人物が殺されてしまったのだから、しかたがないとはいえ、責任は感じるところではある。

上村は、現金を持っていて、その場で料金を支払った。そして、引き続き、調査をお願いします、と言うのだった。

これ以上、何を知りたいのですか？と尋ねたが、上村はしばらく考えたあと、ただ首をふった。わからない、という意味だろうか。それとも、説明できない、という意味だろうか、小川にはわからなかった。

それでも、依頼された以上は、できるかぎりのことはしなければならないだろう。

人づき合いの乏しい人物なので、調査は難航することが予測されるが、時間をかけて、なんとか納得してもらうしかない。

おそらく上村は、心の整理がまだつかないのだろう。最初は失恋の痛手だったものが、詐欺の被害者になり、そしてまるで犯罪に巻き込まれて死んだ人物の遺族みたいな立場になってしまったのだ。そう、彼女は鳥井を家族だと認識しているかもしれない。

あまりにも複雑で、誰を恨むのか、どこに責任があるのか、考えるだけで頭が痛くなるはず。そして、彼女の目の前には、ただぽっかりと空白になった未来がある。そんな感じなのだろう、きっと。

それが癒《い》えるには、長い時間がかかるかもしれない。自分だって、五年も経ってもまだ引きずっているのだ、と小川は思う。

忘れられない、忘れられないと迷ううちに、こんな年齢になってしまった。

自分に比べれば、上村はまだ若い。なんとか立ち直ってほしい、と思う。

それくらい、感情移入している自分がいる。

週末に、安藤順子が上京すると知らせてきた。会って話がしたい、というメールだった。東京駅で会う約束をした。このまえと同じ場所だ。

土曜日の夕方、小川は、そこへ向かった。安藤は、相変わらず派手なファッションだが、それが似合うのが不思議でもある。

「このまえ、繁本さんと電話で話をしたんですよ」喫茶店の椅子に座りながら、小川は言った。「気さくな方ですね」

「おしゃべりでしょう？　私もそうだけれど、彼女は、本当話すのが好き」安藤は笑った。「鳥坂さんのことも、もう完全に吹っ切れているっていうか、ああ見えて、根がドライなのね」

「同じような被害に遭っても、人によってさまざまですね」小川は言った。上村のことを思うと、しんみりとしてしまう。

「事件の方、どうなっているのかしら？」安藤は尋ねた。「私は、もともと無関係だけれど、繁本さんのところにも、津村さんのところにも、警察からは、これといって連絡はないみたい。小川さんは？」

「私は、えっと、数日まえに、刑事さんとお話をしました。あの、きっと、彼の携帯にメールの記録が残っていたからだと思います」

「そうだよね、お金を返してもらったって、それ、ちょっと、特別扱いというか……。私、考えたんだけれど、小川さんの場合、もしかしたら詐欺ではなかった、ということはない？」

「うーん、どうでしょうか。でも、事実上、連絡が取れなくなっていたし、黙って預金を引き出されていたのは事実ですから」

「でもね、フィアンセだったら、ちょっと困ったときには、それくらいしない？」

「しないと思います」小川は首をふった。「少なくとも、相談くらいあると思いますけれど」

「そうかな。妻の財布から勝手に何枚か抜き取って、競馬に行ってしまう駄目おやじとか、いそうじゃない？　そういうのって、一般的に犯罪って呼ばれている？」

「妻が被害届を出せば、犯罪なのではないでしょうか」

そう答えたものの、小川は、上村のことをまた考えた。彼女は、被害届を出していないのだ。恥ずかしいから、という理由だが、それはつまり、身内の恥という意識なのかもしれない。

たしかに、ほかの被害者とは違っている。半額とはいえ返金されたこと、謝罪らしき言葉を伝えてきたこと、いずれも例外的といえる。

安藤が知りたがるので、事件の捜査状況について、適当に説明した。もしかしたら、一般公開されていない部分があるかもしれないので、内緒にしておいてくれ、とお願いをした。ラジオで話されたりしたら問題になりかねない。

安藤は、女性が逃げるところが目撃されたり、録画されたりしている点に一番興味を持ったようだった。

「そうなんだ、やっぱり、詐欺被害者の誰かに復讐されたということかぁ」安藤はそう呟いた。「結局、自業自得《じごうじとく》ってこと？　でも、殺すなんて、ねぇ、ちょっとやりすぎというか、そこまで憎いものかなぁ、私、わからない」

「騙されて、大金を取られたわけですから」

「いえ、でもね。結婚詐欺っていうのはさ、ある程度、その、恋愛関係の時間があったということでしょう？　あ、ごめん、あの、悪く取らないでね、一般論としてだよ」

「はい、わかります」小川は頷いた。

「不謹慎な言い方になるけれど、たとえば、ホストクラブみたいなものだったら、お金をいくら取られても、結婚詐欺にはならないじゃない」

「結婚する約束をしないからでしょうか」

「なんか、その気にさせて、いろいろ買ってもらったりするわけでしょう。でも、つまり、お金を出した方も、良い気分になれる時間をもらっているわけだし、納得できているから、商売としても成り立っているわけでしょう？　そういうことだよね？」

「それはそうですけれど……」

「たしかに、未来の約束をして、人生を狂わせてしまうというのは犯罪だけれど、普通の詐欺のように、全面的に騙し取られて、全部が無駄になってしまったとはいえないんじゃない？」

「もらっているものがある、ということですか？」

「そうそう」

「普通の詐欺でも、なんらかの夢を見させてもらっていると思います。投資をすれば儲かるとか」小川は少し反論したくなったのだった。

「あ、そうか、それはそうだね……」安藤は、うんうんと頷く。「小川さんって頭いいのね」

「とんでもない」小川は苦笑した。年の功だとは言えない。

「そう、儲かるぞって考えていた時間は、たしかに幸せかもね。そうしてみると、詐欺師って、夢を売る商売なんだ」

「確実に破綻する夢ですけれど」小川は言う。「あ、でも、たとえば、宝くじだって、ほぼ確実に破綻する夢といえますすね」

「面白いなあ……」安藤は笑った。「私の番組に出てもらえない？」

「は？　私がですか？」

「ゲストで。結婚詐欺に遭った女性として。もちろん、匿名で良いわよ。今みたいな話、してくれない？　もちろん、ただとは言いません。出演料は出ます。交通費もちろん、全額出ますよ」

「いえ、それは、ちょっと……」

「駄目？」

「これ以上、その、恥を晒《さら》したくないというか……」

「だって、小川さん、今はこちらにいるのでしょう？　関東では放送してないから、誰も知合いは聴かないんだから」

「いえ、ごめんなさい。あの、お断りします」

「そう……、残念だなあ」

「安藤さん、ジュンジュンっていうんですか？」

「あ、知っているの？　そうなの、ニックネームです」

「アイドルみたいですね」

「そうなの、これでもね、地元では、それなりにね」

「本も書かれるなんて、凄いですね」

「それくらいは、今時、誰だってするでしょう。アイドルだって書く時代ですから。今日もね、出版社の人と打合わせをするために出てきたの」

朗《ほが》らかというのか、活き活きとした女性だな、と小川は思った。まるで、自分の若い頃を見ている気分になった。話をしているだけで、元気が出てくる。

安藤と別れ、改札を通り抜けて、コンコースを歩く。土曜日なので、いつにも増して混雑していた。小川は、今朝買ったばかりのマスクをつけることにする。

詐欺師は夢を売っている、という安藤の言葉を考えた。

多かれ少なかれ、すべての商品はなんらかの夢が、その価格の中に含まれている。高級な化粧品などは、大部分が夢だ。ブランドもののバッグやコートだって、一時の夢を買っている。良い気分になれる時間を買っているのだ。

そんな儚《はかな》い夢であっても、人が生きていくための糧《かて》となっている。

たとえば、もっと大掛かりで何年もかけて仕掛けられた結婚詐欺があったとしても、もはやそれは普通の結婚生活なのではないか。金目当ての結婚なんて、社会にはいくらでもある。騙されたと気づいて離婚をする。普通のことではないか。

人の心の中は、見ることができない。

本当に、愛されているのかなんて、わからない。リトマス試験紙みたいに、判定はできないのだ。だとしたら、言葉や態度で感じ取るしかない。言葉も態度も、簡単に装うことができるのに、そんないい加減な証拠を信じて、みんな生きているのだ。

自分の過去に照らし合わせてみた。

彼は、私を愛していただろうか？

これまで、疑ったことはない。

それを考えただけで、胸に少し圧力がかかったように感じる。

でも……、現実を客観的に捉えれば、どうだろうか？

彼には妻がいた。

私は、何を信じたのだろう？

不確かな証言？

思い込みの状況証拠？

電車に乗って、吊り革に摑まって、窓の外を眺めているうちに、自分が少し可哀相になった。今頃そんなことを考えるなんて、なんて鈍い精神だろう。

あの頃、あの十年間に、私が見たものは、将来の夢だった。それは、彼と二人で暮らせるというシチュエーションだっただろう。

そう、そんな甘いイメージを漠然と持っていたことは確かだ。

どうして、そんなふうに楽観的になれたのか、今では不思議だ。

それが、若いということかもしれない。

もし、あのまま、彼が生きていて、もし、今も、彼との関係が続いていたら、自分は耐えられなくなっていたかもしれない。

もう待てない、なにか具体的な変化が欲しい、と考えただろう。

きっと、考えたのにちがいない。

それを彼に迫り、そして、どちらかを選択させただろうか。

私と一緒になってくれるのか、それとも、私が去るのか。

当然ながら、この勝負に私は勝てるはずがない。今になってそれがよくわかる。それくらい、自分は子供だった。大人になった、仕事もできる、なんて自負していたのに、たまたま、そういう夢を見させてもらっていただけなのだ。

どうして、気づかなかったのだろう。

そうじゃない、彼が、気づかせてくれなかった。

ずっと夢を見せてくれていたのだ。

私に、夢を売っていたの？

そうかもしれない。
なんて詐欺師だったのだろう。
でも、死んじゃったら、お終いだよね。
きっと、上村恵子も、同じように呟いただろう。

第4章　しだいにゆるやか

そして、入力情報が極度に不足した状態に置かれると、脳はどんな情報でも取り込み、吸収しようとする。それまで信じていた信念と異なる内容の情報であろうと、抵抗なく吸収しようとする。その結果、それは強く浸透し、それまでの信念に取って代わることも起こる。それは、まさに洗脳の原理を示していた。

1

さらに一週間が過ぎた。
殺人事件の進展は聞こえてこない。あのあとも、野村と二度電話で話したが、意外に難航している、という印象を小川は受けた。しかし、まだ、事件発生から二週間しか経過していないのだ。こういうものには、時間がかかる、と野村は何度か口にした。

鳥井信二に関する調査は、彼の知合いと思われる人に会って、少ない思い出話を聞くことしかできなかった。さらに三人の同級生を紹介してもらって会いにいったが、得られたことは、ほんの僅かだった。

真面目だった、グループで遊ぶようなことはなかった。いつも、だいたい一人でいた。就職せずに退学したのが意外だった。年賀状などをもらったことはない。同窓会に出てきたこともない。

その同級生の一人は女性で、彼女は、鳥井信二について、眺めていただけで、話をしたことはなかった、と語った。眺めていたのは、格好良いと思ったからだそうだ。そういう意味では、女性に人気があったのかもしれない。ただ、どことなく、近寄りがたい雰囲気があった、と彼女は話す。

「ほかの子とも話したんですけれど、なんか、何を考えているのかわからないって、そんな感じでした。少なくとも、気軽に話せるふうじゃない。話しかければ、応えるけれど、言葉は最小限だし、あまり笑わないし、睨まれるみたいな、そんな目なんです」

ホストクラブもどきにも、もう一度足を運んだ。営業時間まえだったので、前山登はいなかったが、店長が準備をしていて、少しだけ話ができた。警察が何度も来ているそうだ。

鳥井信二がそこでバイトをしていたのは、一年ほどまえからで、夜の六時か七時から、店が閉まる十一時半まで。週に三日ほどの勤務で、曜日が固定されていたわけではないが、火、水、木の三日間が多かった。この店は、定休日は月曜日である。

ほかにどんな仕事をしていたのか、店長は知らないと答えた。そういう無駄口をきかない、静かな男だったという。女性客の人気はどうか、と尋ねると、

「まあ、上中下の中だね」と店長は即答した。「年配の客には人気があったかもしれない」

「そうなんですか」

「うちは、若い客は少ないんですよ」

「トラブルとかは、ありませんでしたか？」

「どうかな、ずっと見張っていたわけじゃないしね、少なくとも、大問題を起こしたことはないね」

「人に恨まれるようなことは？」

「知らないよ、そんなこと。警察もそれをきくんだけれどね、よく質問の意味がわからない」

そう言われてみれば、そのとおりである。人に恨まれるような人じゃなかった、という台詞は、けっこう普通に聞かれるところだが、そんな個人的印象が何の役に立つのだろう。警察は、しかし、人に恨まれるようなことがあった、という証言を探しているのである。少なくとも、鉄パイプで殴られるようなことを、彼はしたのか。それとも、なにかの誤解で、あるいは無慈悲な策略によって、そんな悲劇が起こってしまったのだろうか。

依頼人、上村恵子に提出するための二つめのレポートを作った。内容的には、ほとんど情報が増していないものの、写真を沢山掲載し、ボリュームアップを図った結果、十ページほどにもなった。写真は、殺人現場、彼のアパート、その内部、それから、バイト先、このほか、同じ詐欺被害に遭った、津村路代と繁本さくらの写真も入手して、レポートに加えた。少なくとも、鳥井信二と最近まで最も深い関係があった人物なのだから、当然だろう。津村はモデルなので、写真はネットで入手できる。繁本は、小川は一度も会っていないが、安藤に、「どんな方か見たい」とメールしたところ、写真を送ってくれた。

安藤は、小川を詐欺被害者だと認識している。ほかの被害者を見たいというのは、女性の心理として、不自然ではないだろう、と考えて頼んでみたのだ。繁本は、すっきりとした顔立ちの美人である。モデルの津村もそうだが、どうして、鳥井なんかに騙されたのか、と不思議に思う。結婚を急ぐ歳でもないし、いくらでも相手を選べたのではないか、というのが小川が抱いた印象だった。そういった点では、上村恵子が最も地味である。

鳥井信二の若い頃の写真は、中学や高校まで遡《さかのぼ》って、探し出した。これは、大学に記録があったからわかったことである。当然、これも上村へのレポートにつけ加えた。新潟まで日帰りで出かけていき、鳥井の実家へも行ってみたが、もともとそこは借家だったらしく、建物も既に取り壊されていた。近所で、二、三軒当たってみたが、鳥井家を覚えている者はいなかった。出身校でも、卒業アルバムを見せてもらっただけで、担任の先生にも会えなかった。一人は既に他界、もう一人は退職して、その後九州へ引っ越した、とのことだった。連絡先は不明である。

このレポートを上村恵子に見せたのは、金曜日の夕方だった。直前に、鷹知祐一朗から電話があり、浮気調査で張込みをしたいので、手を貸してもらえないだろうか、と言ってきた。明日からでも始めたい、とのことだ。鳥井信二の調査は、これ以上続けても成果が期待できないし、そもそも何が成果なのかもわからない仕事である。もう、このあたりで打ち切りにしてもらった方が良いだろう、と小川は考えていた。次の仕事が入ったから、などとはもちろん言えないが……。

レポートについて上村に説明をしたあと、今期間の費用をリストで見せた。今回は、さすがに人件費として、少しだけ入れておいた。最後に、今後はどうしますか、と小川は尋ねた。

「できれば、調査を続けてもらえないでしょうか」上村は答えた。「いえ、あの、もうそんなに急ぐことでもありません。もしお忙しいのでしたら、後回しにしていただいてもかまいません」

そこまで言われると、断る理由はない。調査は続行となった。かかった経費を請求する、また成果が得られたときの報奨も、あらたに契約を取り交わすことになった。

仕事は見つかりましたか、と小川は尋ねた。

「はい。今はスーパのレジをしています」上村は答える。「まだ、研修期間なので、安い時給なんですが……」

ほんの少しだが、上村は明るくなったように見えた。時間が経過したこと、満足とはいえないまでもバイトが見つかったこと、それらが良い方向へ彼女を導いているみたいだ。小川は、少し安心した。

「こんなことを言っては失礼かもしれませんけれど」小川は、どうしても伝えたいことがあったのだ。「過去のことに長く取り憑《つ》かれているのは、健全とは思えません。まだお若いのですから、未来に向けて楽しみを探して、人生の設計をされるのが一番大事なことではないでしょうか」

「はい」上村は頷いたが、すぐに下を向いてしまった。また、泣かせてしまったか、と小川は少し後悔する。「あの、どうもありがとうございます。そのとおりだと、私も思います。だけど、今はまだ、どうしても自分を抑えられないのです。あの人のことをこれ以上知っても、得られるものなんてないことはわかっています。でも、なにかしないと、つまり、その……、私がしないと、誰も、彼のことを知らないままになります。それが、可哀相なんです」

可哀相とは、誰のことだろう。死んだ彼が可哀相なのか、それとも自分が可哀相なのか。彼女の中でまだ生きている彼が可哀相だ、という意味だろうけれど、その気持ちは、それ以上展開できないものか。

「そうですか。たしかに、ご両親も亡くなっているし、兄弟もいないみたいですからね。今のところ、親類縁者については、まったく不明です」

「孤独だったんだと思います。そういう人でした。どこか、寂しい影がいつも見えました。なんとかしてあげたい、といつも思いました」

そう女性に思わせるものが、たしかにあったのだろう、と小川は思った。

「私、もっと若いときに、一度失恋していて、今度こそはって思ったんですけれど、また、駄目だったみたいです」上村は言った。「どうも、そういう星の下に生まれたってことですね」

「いえ、そんなふうに悲観しないで……」小川は片手を振った。「私もね、五年くらいまえに、大事な人を亡くしているんです。それで、なにもかも嫌になって、転職して、それで今、こんなしがない商売をしているんです。わかりますよ、その、なんていうんでしょう、喪失感？　胸がきゅっと締めつけられるみたいな、それで、肺活量が半分になって、呼吸も苦しくなるんですよね」

「あ、そうです、そのとおりです」上村は顔を上げて、小川を見つめた。「本当に、苦しいんです。気持ちの問題って言いますけれど、違うんです。なにか、病気になったみたいに、躰が重くて、力は出ないし、元気も出ないし、かといって、寝ることもできないんです。毎日疲れて帰るんですけれど、ベッドに入っても、もう、同じことばかりぐるぐると、いつまでも考えてしまって、涙が出るばかりで、目や鼻が痛くなって、どうしようもないんです。だから、また電気をつけて、起き上がって……」

「テレビは、まだないの？」小川はきいた。「気を紛らすことが一番だと思いますよ。たとえば、旅行をするとか」

言ってしまってから、駄目かなと思った。自分も一度旅行に出たのだが、もう悲しいことばかり考えつづける車窓だった。行かない方がましだった、と帰ってきてから後悔したのを覚えている。旅先で、自殺してしまう人がいるというのも頷ける。

「小川さんは、どうされたのですか？」

「えっと、私は、音楽を聴くこと。もう、それだけですね。がんがん大きな音で聴くんです。もちろん、スピーカは鳴らせないから、ヘッドフォンでね。そうしたら、眠ることができました。しばらく、ヘッドフォンをしながら寝たものです」

「音楽ですか……、やってみようかな……」

「あの、今度、お時間のあるときに、どこかへ飲みにいきませんか？」小川は誘ってみた。仕事の依頼人と、そんな関係になることは、実はこの仕事ではタブーである。

「今日は、すいません、バイトがあります。でも、明日の夜だったら、大丈夫です」

2

翌日は、鷹知と会った。張込みをしながら、一時間ほど話した。内容は、もちろん、浮気調査をする対象、その事情などについてで、鷹知から説明を受けた。その後、鷹知は帰っていき、仮眠を取ってくる。日が暮れたら、彼と再び交替する、という仕事だった。

尾行は深追いしない。見張っていて、出てきた場合は、どこへ行くのかを見定める。人目を避けるような服装だった場合は要注意だ。出ていったあと、誰かに会うかもしれない。しかし、昼間に密会する可能性は今回は低い、とのことだった。もし、可能だったら写真を撮っても良いが、無理をする必要はない、などの指示があった。行動パターンを確認したのち、写真を撮る場合は準備をして機材も整えたうえで実施する、ということなのだろう。

この調査を依頼してきたのは、夫側からで、つまり見張っているのは、妻の行動である。鷹知には、セレブからの仕事が舞い込むことが多いようだ。そういった人脈を築いてきた。小川には、羨ましいかぎりであるが、時間がかかることは理解できる。

地道に成果を積み重ねるしかない。

一人で張込みを長時間にわたって行うことは普通はない。たとえば、トイレに行く間は見張ることができない。したがって、比較的短い時間で交替するか、常に二人で組んで行う。今回は、まだそれ以前の緩い張込みなのである。小川は、夕方までに三度もコンビニに行ったし、自販機へも一度行った。立ったままでは疲れるので、少し離れた場所の公園のベンチから眺めたりもした。

結局、ターゲットの人物は出てこなかった。見張っている時間中には家を出なかった、ということだ。庭先に出たり、窓を開けることはあったので、留守にはなっていない。したがって、コンビニに行っている隙に出かけてしまったわけではない。

日が暮れて、家々に明りが灯った頃に、鷹知が戻ってきた。温かい缶コーヒーを手渡される。

「今夜は冷えそうですから、大変ですね」小川は言った。

「移動してくれると助かりますね」鷹知は言う。「お疲れさまです。そのうち、四人くらいで見張ることになるかもしれません」

「うちは、私しかいませんよ」

「そうですね、大丈夫、どこかから探してきます」

「たとえば、どこから探してくるんですか？」

「大学の事務に募集を出してもらえば、けっこう簡単に集まりますよ」

「へえ、そうなんですか、名目は何ですか？」

「街頭調査です」

「ああ、アンケートか交通調査みたいな……」

「あとは、外国人の知合いがいたら、頼むと良いです。仲間のネットワークがあるんですよ。たちまち人が集まります」

「なるほど……」

五年もやっているのに、そんなことも自分は知らなかったのだ。うちの事務所には、真鍋や永田がいたことが大きい。これからも各種のノウハウを教えてもらわないといけない。こういうのは、自分が当事者にならないと意識しないものだな、と小川はしみじみ思った。

電車を乗り継いで都心に出た。繁華街の居酒屋だが、女性が入りやすい洒落た店である。上村が既にテーブルで待っていて、小川を見て、笑顔になった。まだ、約束の時刻の五分以上まえだった。

「早く着いちゃったので」と上村は言った。

さっそく、ビールを注文し、そのほかには、メニューを開いて、四皿だけ決めた。乾杯をする。冷たいビールが喉を通り、少し遅れて、溜息が漏れた。

「小川さん、今日もお仕事だったんですか？」上村が尋ねる。

「そう見えますか？」小川はきき返した。着ているものは、いつもどおりだが、多少黒っぽいものを選んだかもしれない。目立たないように、である。

「土曜日は、お休みなのでは？」

「うちは、土曜日は事務所は閉めますけれど、でも、電話やメールは受けます。完全に休みにするのは日曜日だけです。でも、もちろん、日曜日でも仕事が入ることはけっこうありますから、その分、適当に休みにしますけれど」

「超過勤務手当が出るのですか？」

「そういうのは、きちんと計算していません」小川は笑った。「だいたい、タイムカードはないし、私が出勤したのを見ている人もいませんから。遅れても、休んでも、文句は言われないし」

「自由業ですね」

「完全に自由業ですよ。個人経営です」

「自由って、憧れます」上村は言った。「公務員だと、とにかく、いろいろ規約が厳しいし、なんでも書類だし、それに、無駄な手続きとか、沢山あるんですよ。合理化の正反対の職場なんです」

「結局、お客さんから直接お金をもらわないと、そういうバランス感覚って身につかないんですよ、きっと」小川は言った。「お金の出所が大きすぎるから、無頓着《むとんちゃく》になりますね」

「そうなんです。使わないと損だ、みたいにみんなが思っているんです」

料理が運ばれてきた。箸《はし》を割り、口に運ぶ。けっこう空腹だ、と小川は気づく。張込みのせいだろうか。立っているだけでも、腹は減るものだ。若いときには、まさか自分がこんな肉体労働をするとは考えもしなかった。

「小川さんって、おいくつですか？」しばらく小川の顔を見ていた上村がきいた。

「いくつに見えます？」

「そんな、わかりませんよ。でも、三十代ですよね」

「はい」小川は頷く。

「前半ですよね？」

「ありがとう。今日は私の奢りよ」

「え、じゃあ、後半なんですか？」

「上村さんよりは、えっと、十二か、十三歳上だと思います」

「本当ですか？　うわぁ……、全然そんなふうに見えませんよ」

「そういう貴女も、まだ二十歳くらいに見えますよ」

「あ、そうなんです。幼く見られるんです。全然大人扱いされないんですよ」

「良いじゃないですか。あぁ、こうやって、二人でお世辞を言い合って、お酒が美味しいわぁ」

「お世辞じゃありません」

「ね、ちょっと、真面目な話を挟むけれど、昨日のレポートで、ほかの二人の被害者の女性の写真を見て、どう思いました？」小川は、それがきいてみたかったのだ。

「綺麗な方ですよね、どちらも」

「いえ、そうじゃなくて、見たかった？　それとも、見たくなかった？」

「写真をですか？」

「そう」

「見たかったです」上村は即答した。「お二人とも、お若いし、美人だし……。鳥坂さん、凄いなって思いました」

なるほど、そういうふうに捉えるのか、と小川は思う。

「でも、メールで謝罪したり、返金してきたのは、上村さんだけだった。これについては、どう思います？」

「それは、つまり、あの方たちは仕事だったんです。私は、そうじゃなかった。そう信じています」

「となると、上村さんは、被害に遭っていない、これは結婚詐欺ではなかった、ということになるのかしら？」

「はい、それに近いと思います」

「だから、警察に被害届を出さなかったのですか？」

「いえ、そうではありません。被害届を出さなかった理由は、まえに話したとおりです。小川さんに最初にお会いした頃は、私は被害者かもしれない、という気持ちの方が強かったと思います」

「メールが来て、そうではない、と思ったのね？」

「ええ……、そうです」

「だとすると、彼が亡くなったことのショックが大きくならない？」

「そうかもしれません。でも、もう大丈夫です。二週間まえは、頭が真っ白になってしまって、何が何だかわからない、どうしたら良いのかもわからない。生まれて一番のショックでした。あのメールが届いた直後のことだとわかったから、なおさらでした。でも……、ええ、だんだん、小川さんのおかげで、なんというのか、全貌が見えてきて、少しずつ落ち着いてきました。自分を取り戻している感じが今はします。私は、まだこれから生きていかないといけないんだなって」

「そうそう。そうです」小川は頷いた。「生きていくっていうのは、つまり、なにかを背負っていることなんですよ。なにも背負っていないのは、生まれたばかりの赤ちゃんだけ」

「小川さんは、亡くなった恋人の思いを背負っているんですね？」

「どうかな……。もうだいぶ経ちましたからね。そろそろ、身軽になっても良いかもしれない」

「代わりに、何を背負うんですか？」

「うーん、老後の私かな」

「え？　どういうことですか？」

「お金を貯めなきゃねってこと」

上村は、明るい笑顔を見せた。誘って良かった、と小川は感じた。

3

ほぼ同じ頃、真鍋の部屋のチャイムが鳴った。玄関に出てみると、思ったとおり、永田絵里子である。

「どうしたの、また」真鍋は思わずきいてしまった。

「そんな言い方ないんじゃない？」

ひたすら謝って、中に入ってもらった。このまえと違って、機嫌《きげん》が悪いようだ。紙袋を両手に持っていて、重そうだ。

リビングに入って、それらが缶ビールだとわかった。先日は、冷蔵庫にある分をすべて二人で飲んでしまった。永田はそのまま眠ってしまい、帰っていったのは朝だった。忙しいと聞いているのに大丈夫なのだろうか。

「今日は、飲む分は持ってきたから」永田はそう言いながら、いきなり缶ビールを一つ取り出して、それを開ける。泡が零《こぼ》れたがおかまいなしで、直接缶に口をつける。

「どうしたの？」恐る恐る真鍋は尋ねた。

「もうね、面白くないことばっかり！」永田は言い捨てる。「どうしてくれるの？」

「僕のせい？」

「ううん」永田は首をふった。「いいから、真鍋君も飲んで」

「なにか、食べない？　ビールだけじゃあ……」

「なんでもいいよ」

まだ、夕食の準備をしていない。真鍋は、本を読んで勉強していた。それがテーブルの上にあったが、既に脇へ寄せられている。テーブルの中央には、永田が袋から出した缶ビールがある。冷蔵庫に入れなくても良いだろうか、と真鍋は考える。いくらなんでも温《ぬる》くなるまえに全部飲みきるのは無理だろう。

真鍋は、まず、それらを冷蔵庫に入れた。そして、ソーセージでも炒めようか、と中を探した。

「ソーセージと卵があるけれど、食べる？」真鍋はきく。

「それより、私の話を聞いて」永田は言った。そこで、また缶ビールを口につけて傾ける。少々荒れ模様である。嫌な予感がした。注意報くらいのレベルだが。

とりあえず、料理は諦め、テーブルに戻る。対面に座り、永田を見つめた。

彼女は、仕事の話を始めた。どれくらい大変なことか、理不尽なことか、〆切がいつなのかわからない、責任者は誰なのか、そんな抽象的な内容で、何が起こっているのかさっぱり状況が理解できなかったが、口を挟まず、抽象的な相槌を打った。しかし、そのあと一転、永田は、家の話を始める。母親がこう言った。姉がこう言った。一生懸命時間を作って帰ってきた娘を、邪魔者扱いだ、と嘆く。

「だいたいね、姉貴よ、あんたは出戻りだろう？　そんな奴に言われたくないよ」

「え？　お姉さん、離婚したの？」

「だいぶまえだよ」

「あ、そう……」

「それなのに、私に言うわけだ。早くもう結婚して出ていきなさいって」

「え、そう言われたの？」

「そう。だから、出てきてやったの。もう、あんな家に帰ってやるかって」

「うわぁ……」

「他人事みたいに、驚かないでくれる？」

え、他人事じゃないのか、と真鍋は考えを巻き戻した。

そうか、結婚相手というのは、僕のことなんだな、と初めて気づく。

この場合、どう対処したら適切だろう。よくわからないから、とにかくビールを飲んで、つき合うことにする。

永田は、ハイペースだ。飛ばしている。既に一本めは空になって、横倒しになった。しばらく、ここにいれば良いよ、なんて優しく言うのが男らしいだろうか。でも、いろいろトラブルがありそうだ。このまえだって、クラッカを鳴らしたことを、あとで管理人から注意された。隣のどちらかが苦情を言ったのだ。直接言えば良いのに、と思ったけれど、悪いのはこちらなので、しかたがない。永田がもしここに住んだら、ただでは済まないだろう。

そうか、引っ越せば良いのか……。

就職も決まったことだし、もしかしたら、チャンスかもしれない。でも、まだ数カ月さきの話ではある。

永田は、まだぼやいていたが、ようやく少し静かになった。缶ビール二本分が彼女の中に入ったところだから、そろそろ酔ってくるだろう。

「お腹減ったでしょう？　何が食べたい？」真鍋はきいてみた。

「オムライス」永田は答えた。

「え、オムライス？　このまえ食べたやつ？」

「そうだ、オムライスなのだ」永田は微笑んだ。急に目を細め、変な表情になった。

「作って、真鍋君」

さきの読めない人格である。真鍋は、冷凍してあるご飯をレンジに入れてから、野菜を切り、ハムがなかったので、ソーセージを刻んだ。ケチャップがなくなっていたが、新しいのが買ってあるはず。材料は揃っている。

永田が、缶ビールを取りにきた。三本めだ。

「今日はね、帰らないから」彼女はウィンクする。少し機嫌が良くなってきた様子だ。

だいたい、いつも飲んだら帰れなくなるくせに、と真鍋は思う。帰るどころか、立ち上がることもできなくなる。

「それで、仕事は大丈夫なの?」料理をしながら、真鍋はきいた。

「どうだって良いのよ、仕事なんてさ。あんなとこ、そろそろ辞めてやろうかって、思ってるもんね」

「嘘、それは良くないよ。なかなか再就職って難しいから、最近は」

「忙しすぎるんだよ、いくらなんでも、残業が多すぎ。途中で辞めた人もいたんだから」

「え、本当に?」

「だから、ますます、しわ寄せが来るっての、幸せじゃないよ、しわ寄せだよ」

「そうか、大変だね。でも、手伝ってあげるわけにもいかないしね」

「手伝ってほしいよう！」永田は高い声を上げる。

「あ、永田さん、大きな声、出さないでね。このまえ注意されたんだ」

「え、なんで？」

「いや、気にしないで」

「気にするじゃん。みんなそうなんだよ。いじわるだよ。言わなきゃいいじゃない。気にしないでって言うくらいなら」

「ごめん、僕が悪かった。謝ります」真鍋は振り返ってお辞儀をした。

「真鍋君は許します。許せないのは、姉貴、あんたこそ、再婚して出ていきなさいよ。そうじゃなかったら、せめて、働きなさいよ。どうして、実家で主婦やってんの？　ママ、そんな歳でもないし」

「でも、お母さんを手伝っているんだから」

「そんなんで、仕事した気になられたんじゃ、堪ったもんじゃないよ」

「お父さんは、何て言っているの？」

「パパは、だんまりよ。私、もう二十年くらいパパの声聞いてないもん。兄貴もそう。全然しゃべんない」

「へえ……、僕が行ったときは、二人とも普通に話したけれど」

「本当？」

チャーハンができたので、卵をボウルで割った。

「良い匂いしてる」

「さきに食事をしてから、飲んだら良かったのに」

「あとの祭りだよ」

卵を焼いて、チャーハンの上から被せて、オムライスは出来上がった。永田の前に、その皿を置いた。

「一つ？」

「そうだよ」

「真鍋君は？　ご飯食べたの？」

「いや、まだだけれど、でも、いいから、食べて。君のために作ったんだから」

「どうしてそんなに優しいの？」そう言うと、永田は顔に両手を当てる。「優しいのは、真鍋君だけ……」

泣き出した。

しばらく、彼女の息の音しか聞こえない。

「永田さん」真鍋は声をかける。

「何？」顔を伏せたまま、泣き声で彼女はきいた。

「オムライスが可哀相だから、食べてあげて下さい」

「あ、ごめん」

永田は、黙ってオムライスを食べた。半分食べたところで、ビールに手を伸ばし、それを飲んだ。

「あとは、真鍋君食べて」皿をこちらへ押す。

「え、どうして？」

「私ね、ごめんなさい。ご飯食べてきたの。苺と生クリームのクレープだけれど」

「あ、そう。じゃあ、もらおうかな」

真鍋は、オムライスの残りを食べた。ちょっと味が薄かったかな、と分析しながら。

「ああ……」永田は大袈裟に溜息をついた。「美味しかったぁ、本当に。上手だよね。結婚したら、私が働いて、真鍋君が家事をした方が良くない？」

「その手もあるかもしれない」

「え、結婚する？　本当に？　そうだね、このまま、家に帰らずに、結婚してやろうか？　驚くよね、姉貴とか」

「驚かさない方が良いと思う」

「本当に、結婚する？」

「僕が就職したらね」

「え、本当に？　じゃあ、三月？　四月？」

「うん」

「うわぁ、四月一日じゃないよね。それじゃあ、誰も信じないから」

「誰も信じなくてもいいよ」真鍋は言った。

永田はまた泣き出した。でも、今度は顔を隠さない。真鍋を見たままだったので、彼女の雀斑《そばかす》の頬に涙が流れるのを、彼は見ることができた。

まだ、三カ月以上あるから、準備はできるだろう。

本当は、指輪を買わなくちゃいけないのかな、と考えた。

成り行きって、恐ろしいものだ。でも、恐ろしく素敵な成り行きもある。

4

店に入ってくるカップルが目に留まった。女性は、ピンクのコートだった。

津村路代だ。男の方は色のついたメガネをかけている長身で、帽子を被っていた。

二人は、奥のテーブルの方へ移動する。

「今、入ってきた、あの女の人」小川は、上村に小声で伝える。「あれ、津村さん」

「津村さん？」

「モデルの」

上村がそちらを向いて、確認している。写真を昨日見せたばかりだ。

「ああ、本当だ。あの人ですか……。男の人は？」上村がきく。

知らない人だ、と答えそうになったが、そちらを見てみると、帽子とメガネを取って、手拭《てぬぐい》で顔を拭いている。見覚えのある顔だった。

そう、ホストクラブもどきで会った前山登だ。そのときは、永田と一緒だった。

「あれは、前山さん。鳥坂さんの後輩、同じ野球部の」

そういえば、津村は、あの店でバイトをしていた鳥坂と知り合ったのだから、前山と知合いでもおかしくないか、と小川は思った。

その津村は、ピンクのコートを脱いで、それを前山に渡した。彼の後ろの壁にハンガがあったから、津村のコートを彼はそこにかけた。彼自身は、ジャンパの前を開けただけで脱いではいない。

そのコートは、もしかして、逃げた殺人犯が着ていたものではないか、と小川は思いついた。そう、野村刑事が、色はピンクの可能性があると言っていた。ただそれだけの、頼りない連想にすぎないが。

もっとも、津村にはアリバイがある。殺人事件発生時に、安藤、繁本、津村の三人は、いっしょにいたのだ。

「どうしたんですか?」上村がきいた。

「あ、いえ、ちょっと考え事をしてしまって」小川は、答えたが、気になったので、考えていることを上村に話そうと思った。「変な話だけれど、殺人犯は女性だと推定されていて、薄い色のコートを着ていたらしいんだけれど、ほら、あのコート」小川は指を差す。

「でも、薄い色のコートなんて、沢山ありますよね」上村は、そちらを見たあと、再びこちらを向いて言った。

「あと、彼女には、アリバイがあるし」小川は、呟いた。

「二つの可能性があると思います」上村が意外なことを言った。こちらを見据えて、真剣な表情である。

小川は、言葉の意味を理解するのに、二秒ほどかかってしまった。

「どういうこと？」

「その女性三人が犯人かもしれません」上村が言った。「全員が」

「あ、なるほどね。共謀してやったということ？　でも……、そんなことってあるかしら」

「同じ被害を受けた者どうしだったら、ありえなくもないのでは？」

「いえ、でも、安藤さんは、被害に遭ったわけじゃなくて、ただ、取材をしているだけだから……」

「本当でしょうか？」

小川は、そこで思い出した。もう一人結婚詐欺に遭った被害者がいる、と安藤は話していたではないか。しかも、安藤自身と同じ年齢だと。

「もしかして……」と呟きながら、また津村たちを見てしまう。むこうは気づいていないようだが。

「もう一つの可能性は、あそこにいる男性が犯人です」上村は言った。

「え、それはいくらなんでも……」小川は、上村に視線を戻す。

「津村さんが、彼にやらせたんです。自分のコートを貸して」

「おお、なるほど……」小川は、驚いた。「凄い想像力ですね、感心しちゃった」

真鍋が言い出しそうな仮説だ。そんな突飛な可能性をつぎつぎ思いつくのが、彼の特性だったが、そういう人間がほかにもいるのか。

「駄目ですか？」上村はそう言うと、急ににっこりと微笑んだ。

「上村さん、面白い人ですね」

「ありがとうございます。小川さんと話をしていると、なんだか、ちょっと取り戻せたような気がします」

「取り戻せた？　何を？」

「ですから、失っていたもの、私自身、それとも、時間でしょうか？」

「わぁ、ポエムじゃない」小川は笑ってしまった。

しかし、頭の中では、彼女が言った可能性について考え続けていた。はっきり言って、どちらの仮説も否定できない。

「うーん、三人説は、あるいはっていう気がする」小川は小声で話す。「三人いれば、できたかもしれない。鉄パイプ以外にも、各自が短い棒とか、持っていたかもしれないし」

「そう、小川さんよりも以前から調べていたわけですから、彼の家を突き止めた可能性はあります。なにか、手掛かりがあったのかもしれません」

「男性が犯人だというのは、ちょっと無理があるんじゃない?」もう一度、前山を見てみる。しかし、彼は相当細身だ。背は高いが、女物のコートを着れないことはない。丈の長いものだったら、違和感はないかもしれない。「そうか、髪は鬘《かつら》を被ったわけね。それだと、コンビニのカメラに写ったあとは、鬘とコートを取って、男性の姿で逃げられるわけだ。電車の改札も普通に通れる」

「そうです。折り畳めるバッグを持っていれば、そこにコートは隠せます」上村がつけ加えた。

「前山さん、野球部だから、鉄パイプでスイングしたら、最強」小川は言う。

「彼だったら、鳥坂さんのアパートを知っていたかもしれません」

鳥井信二は、都内に二つの部屋を借りていた。バイトで遅くなったときには、近い方へ帰ったのだろう。もう一つのマンションは、結婚詐欺のために借りていたのだから。

「そう、同じバイト仲間、先輩と後輩なんだから」小川は頷いた。「一緒に食事をしたことがあるって話していましたし」

そちらを見ていたら、前山がこちらを見ようとしたので、咄嗟に視線を逸らせた。

「動機は、八百万円の復讐？　つまり、津村さんのために、前山さんがやったということ？」

「そこまでは、わかりませんけれど……」上村は、そこでビールを飲んだ。なかなか飲みっぷりが良い。「事件のことをあれこれ想像するのって、不思議ですね。自分に関係のない事件だったら推理を楽しめるかもしれませんけれど、なんか、生身の人間で、顔も名前も知っていると、その人たちにも人生があるわけですから、複雑な気持ちになります」

知っているだけではない。愛を誓った仲だと信じていたのだ。

「それは、当然……。割り切れないものです」

「小川さんのような職業だと、それがまた普通のことになりますか？　割り切れるようになりますか？」

「私は、まだこの仕事が五年だけれど、そう、全然割り切れない」小川は首をふった。「罪を犯した人でも、可哀相だなって同情するし、それから、たとえば、依頼人よりも、調査対象になった人の方が明らかに良い人だって思える、そういうことも、頻繁にありますよ」

「そんなときは、手加減するんですか？」

「客観的な観察をして、その結果を真実として報告するだけ」小川は言った。「私が感情的に判断するようなことではない、と思うから」

「私のことは、どう思いましたか？」上村は神妙な顔で尋ねた。

「同情しました」小川は正直に答えた。「騙されたことについて、可哀相だと思いましたよ」

「私、可哀相ですか？」

「そう見えました」

「そうなんですね……」上村は複雑な表情だ。眉を寄せているが、口は笑おうとしている形だった。「私は、自分のことを、可哀相だって思いませんでした。一度もそうは考えませんでした」

「そう？　本当に？　じゃあ、鳥坂さんのことを憎んだ？」

「いいえ、一度もそんなふうに考えたことはありません。うーん、困ったな、とは思いました。連絡してくれたら良いのに、というくらいの、えっと、苛立《いらだ》ちは持ったと思います。そのうちに、時間がどんどん過ぎて、たまたま通帳の記帳をしたら、お金が引き出されていました。これは、もしかして、詐欺なんじゃないか、とやっと思いついたんです。でも、心の半分以上が、いつもそれを否定しました。やっぱり、彼を信じていたと思います。私の前に現れて、ごめんごめんって言ってくれたら、涙が出るけれど、嬉しかったと思います」

「あの最後のメールをもらったときには、許せたのね？」小川は尋ねる。

「許せる？　いえ、許すもなにも、怒っていなかったわけですから、ずっと、許したままだったと思います。三百万円も、どうしても必要な切迫した事情があって、私を心配させないために、そのことを黙っているんだ。事態が解決したら、きっと戻ってきてくれる。私のお金が彼の役に立ったなら、それは、私には嬉しいことです。ずっと、そう考えていました」

「どうして、そんなに優しいのかしら？」小川は言った。「本当に、彼のことを愛していたのね」

「それは、わかりません。そんなことって、わからないものじゃありませんか？」

「わからないもの、か……」小川は言葉を繰り返した。

そうかもしれない。

愛しているとか、信じているとか、ただ、そんな言葉だけの表現で、なんとなく納得しているだけかもしれない。

どれくらい愛しているのか、その大きさは測りようがない。審査員が点数をつけて集計しているものでもないのだ。

おそらく、憎しみだって、同じだろう。

人を殺してしまうほど大きな憎しみを、自分は持ったことがない。そんな大きな憎しみがあるのだろうか。ただ、そのとき、その一時だけの錯覚なのではないか。殺人者の多くは、頭に血が上ってやってしまった、という動機を語るだろう。今回の事件のように、用意周到に計画されたものであっても、ただそのカッとなる時間が、多少長く継続しているのにすぎない。

愛している、信じている、が言葉を繰り返すうちに真実みたいに確立するように、憎しみも、殺してやりたい、と考えて、準備をするうちに、どんどん確かな手応えになっていく。きっとそうなのだろう。

最初は、ただの言葉だったのに、その言葉で、心が染まってしまう。

ほかのことを考えられなくなる、ということか。

「私、彼を殺した人も、憎んでいません」上村は言った。「罪を償ってほしいとも思いません。それは、彼らの事情だったんだと思うんです。もちろん、鳥坂さんが生きていてくれたら良かったのに、とは思います。でも、そんなこと思ってもしかたがないですよね。彼は生き返らないんです。だから……、小川さんには、その依頼はしていないつもりです」

上村の依頼は、殺人事件の真相究明ではない。故人の調査なのである。

「警察が、犯人を突き止めてくれます。私の力でどうこうなるものではありません。探偵というのは、そういう仕事です」小川は言った。言葉だけの説明だな、とは思った。意識して微笑んでいる自分に、しかたがないのよ、と呟いた。

「ええ、わかっています」上村は頷く。

5

電話がかかってきた。安藤順子からだ。小川は、席を立って、テーブルから離れたところで出た。

「はい、小川です」

「もしもし、安藤です。小川さん、ちょっとよろしいですか？」

「ええ、何でしょうか？」

「あの、私、警察の方と話をしたんですけれど、鳥坂さんが、お金を振り込んだ先が、小川さんの名前ではない、と聞きました。警察の方は、それ以上詳しく教えてくれなかったんです。気になったので、確かめようと思いました。小川さんって、小川さんですよね、ご本名でしょう？」

「はい……」どうしようかな、と小川は考える。もう、隠しきれないかもしれない。

「べつに、お話しになりたくないのなら、それはそれでかまいませんけれど、私たち、うーん、けっこう意気投合していたじゃないですか。ちょっと、裏切られたみたいに感じたので、できたら、説明をしていただきたいと思ったんです。私の言っていること、なにか間違っているでしょうか？」

「いいえ、間違っていません。実はですね、私は探偵なんです」

「え？　探偵って、ああ……、興信所の方？」

「そうなんです。今回、鳥坂さんの詐欺で、被害に遭われた方から依頼を受けて、調査をしています。それで、依頼人が身許を明かしたくないという事情をお持ちなのです。それで……」

「ああ、そういうことだったんですか。それで、その人の身代わりみたいに振る舞っていたのですね？」

「そんなつもりはなかったのですが、誤解されるうちに、話を合わせてしまって……。いえ、はっきりと立場をご説明しなかったのは、私に責任があります。本当に申し訳ありませんでした。安藤さんが気分を害されたことは、もっともだと思います。お詫びいたします」

「なんだぁ……、そう言ってくれたら良かったのに。わかりました。もう、気分はすっきりです。ということは、じゃあ、その依頼人の人、名前は聞けないの？」

「はい、申し訳ありません。それだけは……」

「お金が戻ってきたというのが、その人なのね」

「そうです。お話ししたことは、全部本当のことです」

「わかりました。あの、その方に、私が是非会いたいと話していた、と伝えてもらえませんか？」

「わかりました」

「小川さん、私、もう怒っていませんから。今度会ったら、笑顔で……」

「どうもありがとうございます」

「じゃあまた……」

良かった、と思う。いずれはばれるだろう、と心配していたところだった。話のわかる相手で幸いだった。

テーブルに戻ると、驚いたことに、上村のテーブルに前山登がいた。小川が戻ってくるのを見て、彼は微笑んだ。

「小川さん、俺のこと、覚えていますか？」

「あ、前山さん」小川は、精一杯驚く振りをした。

「小川さんだって、あの子が言うんで……」と前山は、離れたテーブルの方を指差した。そちらで、津村が手を振っていた。「今、上村さんと話していたんです。上村さんも、今回の事件の関係者なんですね」

「鳥坂さんを知っている、という話をしただけです」上村が言った。

小川がシートに腰掛けると、前山は膝を折って、テーブルに肘をついた。

「金が返ってきたそうじゃないですか」前山は上村に言った。

「ごめんなさい、前山さん、私のお客様なんです」小川は言った。男の態度が、マナー違反に感じられたからだ。ここは、彼の店ではない。上村は初対面だろう。

「メールももらったんですよね？」

津村から聞いたようだ、と小川は思う。

「前山さんのことは、聞いています」上村が言った。「警察には、まだ話していませんけれど」

「え、何を？」前山は、真剣な眼差しを向ける。「嘘ですよね。メールだったら、先輩の携帯を調べたらわかるはずじゃないですか。俺のところに、なにか言ってくるでしょう、そうしたら……」

「メールが来たので、電話をしました」上村は、強い眼差しを前山に返している。

「電話で聞いたんです」

「上村さん、もう出ましょう」小川は言った。「前山さん、ごめんなさい。今ここで話すようなことではないと思います」

前山は、立ち上がった。

小川も立ち上がってコートを着た。前山と上村は、まだ睨み合っている。小川は、上村のコートを手に取り、彼女の腕を掴んで立ち上がらせ、レジの方へ連れていった。振り返ると、前山がこちらを睨んでいる。その形相は、普通じゃなかった。

レジで精算をして、店を出た。

上村は、そこでようやくコートを着た。

早く、この場所から離れよう、と小川は思う。上村を急かして、道を歩く。大通りに出るまでは、できるかぎり早く歩いた。

「どうして、あんなことになったの？　上村さん、彼に何を言ったの？　いったい……。なんか、普通じゃなかった……」信号待ちのときに、小川は尋ねた。息が切れ、言葉が途切れてしまった。

「あの人が、鳥坂さんを殺したんです」上村が言った。彼女にしては低いトーンの声だった。

「いえ、その可能性があることはわかります。でも……」

「狼狽《うろた》えていたじゃないですか。まちがいありません。警察に連絡して下さい」上村は言った。

「証拠がありますか？」小川はきいた。「鳥坂さんと電話で話したというのは、本当なの？」

「嘘です」

「どうして、そんな嘘を？」

「鎌をかけたんです。私が犯人を知っていると思わせた」

「挑発したら駄目ですよ」小川は後ろを振り返った。

「もし、彼が本当に殺人犯なら、私の口を塞《ふさ》ぎにくると思います」

「何言っているんですか。ただ、犯人扱いされたから、腹を立てただけでは？　酔っているんですよ、むこうも」

「私は、酔っていません」

「いいえ、そんなことない。落ち着いて考えてみて……」

信号が変わったので、道路を横断した。むこう側の歩道に、地下鉄の駅への入口がある。そこを目指している。

「ほら、ついてきた」後ろを見ていた上村が言った。

小川は、振り返った。よくわからない。大勢が歩いているのだ。しかし、こちらへ顔を向けている長身が見つかった。前山だ。まちがいない。

小川は、信号で停車しているタクシーに向かって手を振った。信号が赤なので、こちらへ来られない。

上村の手を引き、赤信号の横断歩道を渡る。車にクラクションを鳴らされたが、道を渡り切ったところで、タクシーに近づき、ドアを開けてもらった。

上村をさきに乗り込ませ、小川も乗った。

ドアが閉まったとき、ちょうど信号が変わり、タクシーは走り始めた。

窓の外をずっと見ていた。前山がどこにいるのか、わからなかった。

6

本当だろうか？

前山登が殺人犯？

「どちらまで？」タクシーの運転手が尋ねた。

小川は後ろを向いていたが、前に向き直り、行き先を考えた。つけられている可能性がある。場所を知られるとまずい。上村を送っていくわけにはいかない。といって、自分の家は遠いし、問題外である。とりあえず、事務所が良いだろう。行き先の説明を運転手にしてから、上村に事務所に寄っていこうと話した。

上村は、シートにもたれ、ぐったりとしている。酔ったのか、それとも疲れたのか。目は開いているから、眠っているわけではない。

時刻は、もうすぐ午後九時だった。事務所には誰もいない。しかし、誰かに来てもらうことはできる。真鍋を呼び出すか、それとも鷹知か。そうか、鷹知は張込み中だ。でも、こちらが緊急時であれば、来てくれるだろう。そこまで考えた。

「すみません、私のせいで」上村が小声で囁いた。

彼女の手を小川は握った。大丈夫だから、と伝えたつもりである。自分は、年配なのだし、それに探偵なのだ。プロではないか。依頼人を守らなければならない。

もし、あの男が追ってくるようなことがあれば、上村が話した仮説が、現実味を帯びてくる。それに、もしかしたら、津村も共犯かもしれない。自分のコートを貸して、しかも自分はアリバイを作った。女の叫び声は、録音を使ったとも考えられる。

別のストーリィも思い浮かんだ。前山は、鳥坂を強請《ゆす》っていたのではないか。鳥坂は、詐欺で稼いだ金を、彼に渡した。借金があったのか、弱みを握られていたのだ。その場合、もし津村が前山と共犯なら、彼女の八百万円は、回り回って戻ってくる金だった。津村は、騙された振りをしていたことになる。鳥坂は、逆に詐欺に遭っていたともいえるだろう。

金を返そうと奔走《ほんそう》したが、結局全額を揃えられなかった。しかも、後ろめたさを感じたのか、上村には金を半分返した。

なんらかの裏切りがあったのかもしれない。もう、この男はこれ以上利用できないと判断し、抹殺されたのだ。これは、上村が話していた仮説に非常に近い状況といわざるをえない。

何度か後ろを振り返ったが、夜の道路は、ヘッドライトしか見えない。タクシーかどうかもよくわからなかった。

念のために、真鍋に電話をかけることにした。

「もしもし、真鍋君、私」

「えぇ、まですかぁ」

「あのね、真剣な内容なの。事務所に出てきて」

「今からですか」

「お願い。なにもなければ良いけれど、もしものことがあるかもしれないから」

「危険な状況ですか？」

「そう判断したら、警察を呼びます。でも、その手前の状況」

「今はどこに？」

「タクシーに乗っている。これから事務所へ行くところ」

「つけられているかもしれないんですね？」

「そういうこと」

「了解。すぐ出ます。タクシーで行けば、三十分か四十分ですけど」

「お願い」

電話を切った。

「あの、ちょっと大回りをして下さい」小川は、運転手に言った。「余計に時間をかけて着きたいので」

それでも、二十五分後に着いてしまった。事務所の前で、料金を支払い、小川と上村は外に出た。

後ろからは、車は来ない。

「大丈夫みたい」小川は言った。

ビルの中に入り、階段を上る。通路は真っ暗だったので、照明のスイッチを押した。

鍵を開けて、事務所に入る。室内は、ひんやりとした空気と暗闇だ、と想像していたが、デスクのライトがついていて、そこに男がいた。

目が合う。

小川はびっくりしてしまい、もう少しで悲鳴を上げるところだった。

「どうしたの?」男がきいた。「こんな時間に」

「椙田さん」相手がわかって、呼吸を取り戻した。「何をされているんですか?」

「いや、ちょっと、デスクの中の整理をしようと思って」

「部屋の電気くらいつけて下さい」

「ちょっとしたものを取りにきただけなんだ。それが、見つからなくてね」

部屋の照明をつけて、上村にも部屋に入ってもらい、とりあえず、ドアに鍵をかけた。椙田に、事情を簡単に説明する。上村と椙田は、これが初めてだったので、じっとお互いの顔を見ていた。居酒屋での経緯と、店を出たあとにも追ってきたことを話すと、さすがに椙田も表情が変わった。

「なるほど、それで、ここへ逃げてきたわけか。じゃあ、僕がいて、良かったね」

「そうです。真鍋君にも電話しました」

「へえ……」椙田は頷いた。「鉄パイプを持っていなかった？」

これはジョークのようだったが、小川は笑えない。

外の様子を見たかったが、道路側を見るためには、通路に出なければならないし、見ても暗くてわからないだろう。

「帰りは送っていくよ。お客さんもね」椙田は言った。

小川は、コーヒーを淹れることにした。もう、アルコールはすっかり醒めている。

その間にも、殺人犯が男性であるという仮説が、三人の話題になった。

「冬だから、コートを着て、鬘を被れば、たしかにわからないだろうね」椙田は言った。「結婚詐欺を働いた男が殺されたとなると、女性の恨みを買ったと単純に考えがちだ」

「でも、鉄パイプを使ったのは、失敗でしたね」小川は言う。「犯人に、暴力団とかの後ろ盾があったら、そんな武器は使わなかっただろう」相田は言った。「その男は、まだ若いんだね?」

「そうです。大学を卒業して数年」小川は答える。

十分経過したが、なにごともなかった。少し安心して、三人でコーヒーを飲んだ。上村と相田が、世間話を始め、事件にまったく関係のない話題なのが、小川には驚異的だった。上村はまだ酔っているのかもしれない。そもそも、前山をあんなふうに挑発したのも、アルコールのせいなのではないか、と小川は考えていた。

「どうやら、つけられたわけじゃなさそうですね」小川は溜息をついた。「もう少しここにいてから、移動しましょうか」

「真鍋を待ってやらないと」相田が言った。

「そうかそうか」小川は思い出す。「真鍋君、ここへ来て誰もいなかったら、驚くでしょうね」

そこで笑ったのだが、急に、思い出したことがあった。

「私、そういえば、前山さんに名刺を渡しました」小川は、相田を見た。

「住所は、名刺には書いてないだろう?」相田が言った。

「でも、事務所の名前が書いてあって、それで検索すれば、ホームページに行き着きます」

そこには、事務所の住所が書かれている。小川の顔写真も小さいが掲載されているのだ。

「ここへ来るのは、まずかったかなぁ」小川は呟いた。「ちょっと、外を見てきます」

「出ない方が良い」相田が言った。

「通路の窓から、覗くだけです」

小川は、静かにドアを開けて、通路に出た。まず、階段の近くへ行ってみた。下に気配《けはい》はない。通路の照明を消してから、窓の外を覗いた。こちらが明るいとガラスに反射して見えないからだ。

前の道路を見下ろす。かなり暗い。しかし、誰もいないようだ。車も走っていない。そもそも、交通量の少ない路地なのである。事務所のあるビルの手前でカーブしているため、大通りの方から見ると死角になる。今は高い位置からだったので、そのカーブの先も近い範囲は見ることができた。

その方向から、ヘッドライトがゆっくりと近づいてくる。タクシーだとわかった。

真鍋だろうか。

事務所ビルよりも手前で停まった。そのとき、近くの電柱の影が、ライトで照らし出された。

なにかが動く。そこに人影があった。

今まで闇の中だった場所。

顔は見えない、しかし、黒いズボンだとわかった。

男だ。前山は、黒いジーンズだった。

小川の鼓動が速くなった。

窓から離れる。こちらを見張っているのかもしれない。

頭を下げて移動し、柱の後ろに隠れつつ、そっとそちらを覗く。

タクシーは、また走りだした。誰も降りてこなかったようだ。再び、電信柱の場所は真っ暗闇に戻っていた。

下へ行って、問い質した方が良いだろうか。

まさか、暴力に訴えるようなことはないと思う。そんなことをしたら、身を滅ぼすだけだ。

しかし、この暗い道は、鳥井信二が殺されたあの殺人現場と大差がない。

小川は迷った。

事務所のドアを開けて、中を覗くと、椙田が上村の前に座っていて、和《なご》やかに話をしている様子だった。

「どう？」椙田がこちらを向いてきいた。

「ちょっと、下へ見にいってきます」小川は言う。「一人、人影らしいものが……」

「やめておきなさい」椙田が言った。

「危なかったら、駆け上がってきますから」小川は笑う。「悲鳴が聞こえたら、助けにきて下さいね」

決心がついたので、階段を下りて、ビルの玄関へ。外へ出る。辺りは暗い。さらに前進し、道路の先が見えるぎりぎりのところに立つ。

動くものはない。

冷たい空気が、遠くから交通の雑音を運んでくる。

急に、肩を触れられた。

びっくりして、震え上がった。

椙田が、後ろに立っていた。まったく音がしなかったが。

悲鳴なんて、咄嗟に上げられないものだ。息が止まっているから、声にならない。

「どこにいる？」彼が左右を見ながらきいた。

「あちらの、電信柱のところです」小川は指を差す。

椙田がさらに顔を出して、そちらを見たが、すぐに引っ込めた。

「見えない」

「そうですか……」と言いながら、小川はもう一度、そちらを確かめた。

ところが、道路の反対側から、誰かが近づいてくる。

小川はそちらを見た。

白っぽいコートだった。

小川は後ろに下がる。

椙田にぶつかってしまう。

「小川さん」女の声。

十メートルほどの距離になり、少し明るい場所に来たため、それが津村路代だとわかった。白い小さな顔が暗闇の中で対照的に明るい。目が慣れてきたのかもしれない。彼女は一人だ。後ろに誰かがいるわけでもない。

「津村さん？　そこで何をしているの？」小川は尋ねる。

「上村さんという人を待っているの」津村は答えた。

「どうして？」

「うーん、どうしてかな、ちょっとお話がしたいだけ。いるんでしょう？　呼んでもらえないかしら」

「上村さんはいません。帰りました」小川は嘘をついた。

「小川さんには、関係がないのよ。貴女、探偵だったんだ。安藤さんから聞いたんだから。やっと、目的の女を見つけた」

「何を言っているの？」

「いいから、あの女を出しな」急に津村の声が低くなった。

「だから、いないって言っているでしょう！」小川も言い返す。

「それなら、中に入るわよ」

急に、椙田に腕を引っ張られた。

小川は尻餅《しりもち》をつきそうになったが、椙田が彼女の腕を握って、支えてくれた。必死で後ずさりする。

道の反対側から、喚《わめ》き声が迫る。男の声。

津村も近づいてくる。

「事務所へ走れ！」椙田が、小川の耳許で言った。

小川は走り、階段を駆け上がる。

喚き声はさらに濁り、大きな金属音が一度響いた。何だろう、よくわからない。

異常な音だ。

心配になって、振り返り、階段を見下ろす。

そこへ、椙田が飛び込んできて、駆け上がってくる。

小川は、通路へ走り、ドアを開けて、中に入った。

ソファの上村が、驚いた顔で立ち上がる。

椙田が駆け込んできた。小川はドアを閉めて、すぐに鍵をかけた。

「あいつだ」椙田が言った。「鉄パイプだ」

「怪我はありませんか?」

「大丈夫。正気じゃないな」

「警察に電話します」小川はそう言って、バッグを探す。

電話を取り出したとき、ドアのガラスが割れた。

外で喚いている男が一瞬見える。鉄パイプを振り回しているようだ。

「なんて奴だ」椙田が言った。「こら! 帰れ、馬鹿が」

椙田の声に、反応したのか、破れたガラスの隙間から顔を覗かせた。

笑っている。異様な表情。

まちがいない、前山登だった。おそらく、まだ近くに津村がいるのだろう。

「堅気《かたぎ》か？　ここをどこだと思ってるんだ！」相田が大声で言う。「さっさと帰れ！」

「そこの女を出せ」前山が言った。「ちょっと話があるだけだ」

「もっと丁寧に頼めないのか、馬鹿が……」相田が言った。

大きな音がして、ドアが振動する。足で蹴ったようだ。

「こら、やめろ！」

その後は、静かになった。ドアも蹴られなかった。

パトカーのサイレンが鳴っているのが聞こえた。近づいてくる。前の道に入ってきたのではないか。

「お、早いな」相田が言う。彼はドアに近づき、外に向かって叫んだ。「おぉい、聞こえるか？　お迎えが来たぞ」

喚き声を上げたが、少し離れたようだ。階段だろうか。何を言っているのかはわからない。

「何だ、あれは……、薬《くすり》でも入れているんじゃないか」相田はそう言うとこちらを向いて、小川を見た。「パトカーが、近くにいたのかな」

「私、まだ電話をしていません」小川は言った。

7

その後も、別のサイレンが近づいてきた。辺りは騒然となったようだが、しかし、通路は静かになった。もうビルの中にはいないようだ。

椙田が、鍵を外してドアを開け、外を覗いた。

彼は外へ出ていって、階段の方へ消えてしまった。

「大丈夫でしょうか?」心配そうに上村が言った。彼女は壁際に立っていたが、ドアの方へ近づいてきた。

「わからないけれど……、あ、ガラスに気をつけて下さい」

二人で一緒に、通路へ出た。

「なんか、私の作戦が当たりすぎた感じで……」上村が顔をしかめて言った。

「そうね、大当たりだったんじゃない?」

「まぐれですけれど」

外から声が聞こえる。急いで窓から覗くと、パトカーが既に三台、大通り側への行き場を塞いでいた。

左手へ男が走るのを、警官が追いかけていく。

沢山の音と声が聞こえてくるが、暗くてよく見えない。

相田が戻ってこないので、小川は心配になった。

上村と二人で階段を下りていく。ビルの前には誰もいない。どこへ行ったのだろう。

警官がまた一人、道路を左の方へ走っていった。そのあと、今度は三人が走っていく。新しいサイレンの音が複数近づいてくる。右からだけではなく、左からも。

どうも、そちらへみんなが移動しているようだ。近所の人も出てきている。声が上がっているのは、左手、ずっと先の方で、そちらは街灯も少なく、何をしているのかわからない。

「何があったの？」と尋ねられた。近所の顔見知りの老婆、ナオミだ。

「いえ、よくわからないんですけれど、うちの事務所のガラスが割られました」

「え、誰が割ったの？」

「男の人です」

そんな話をしていると、後ろから、声がした。真鍋が近づいてくる。永田も一緒である。

「早かったね、真鍋君」小川は言った。

「大丈夫でした？」

「私は大丈夫」

「小川さんが大丈夫なら、みんな大丈夫ですね」真鍋が愉快そうに言った。

「良かったぁ」永田が溜息をついた。

「もしかして、真鍋君が警察を呼んだの？」小川は、思いついてきいてみた。

「あ、よくわかりましたね。間に合いましたか？」

「ぎりぎり」

「間一髪だったんですか？」

「事務所のガラスが割られたけど、鉄パイプで」

「鉄パイプ、流行っているんですね」

小川は少し落ち着いた。真鍋の飄々《ひょうひょう》とした物言いに、そういう効果が認められる。

「機転を利かせたわけね。助かったわ」

「何がですか？」

「だから、警察を呼んでくれたこと」

「あとで、カラクリを教えます」真鍋は言った。

カラクリ？　何のことだろう、と小川は思ったが、まだ、それどころではない。道の先で、騒ぎが治まったようなので、そちらへ少しずつ近づいた。

そんな間にも、警官が何人か行き来をし、また、叫び合っている。そのうちに、救急車のサイレンが鳴っているのに気づいた。まだ遠いが、もしかして、こちらへ向かっているのだろうか。

誰か、怪我をしたのか。

心配になって、さらに急ぐ。今は、小川の近くに上村がいるし、真鍋も永田もついてくる。とても心強い。

人だかりができていて、手錠をかけられた男が道路に座り込んでいた。警官が二人掛かりで立たせて、こちらへ来る。顔が見えた。前山だ。警官が四人で彼を取り囲んでいた。小川たちは、道を開ける。

「触らないで！」高い声がした。

津村が、二人の警官に付き添われ、こちらへやってきた。

そのほかにも、大勢いるようだ。全員が警官なのかどうかわからない。

小川は、椙田を探したが、どこにも姿が見えない。

警官の一人に、誰か怪我をしたのですか、と尋ねたが、わからない、と言われた。

四人で、事務所の前まで引き返す。前山と津村は別々のパトカーに乗せられている。しかし、道を引き返すことはできない。後ろが詰まっているからだ。前進するしかないだろう。今は、人が多すぎてとても車が通せない状態だった。

警官が一人、小川のところへやってきた。

「このビルですか？　被害があったのは」

「はい、私の事務所です。ドアのガラスを割られました」

警官を案内して、二階へ上がった。

上村と真鍋と永田は、事務所の中に入った。小川は、しばらく警官につき合い、いろいろ質問に答えた。あの二人は知合いなのか、と最初にきかれ、調査で会って、話をしたことがある、と答えた。しかし、事情が複雑すぎるので、野村刑事を呼んでほしい、とお願いした。警官は頷いて、ここで待っていて下さい、と言い残して立ち去った。

「椙田さんは？」真鍋がきいた。

「どうして椙田さんがいたことを知っているの？」小川はきき返す。

「話を聞いていたんです」真鍋はそう言うと立ち上がって、壁際のコンセントのところへ行く。そこにある二股を引き抜いた。

それは、小川のオーディオ機器のケーブルが接続されているものだ。アンプ二つとデッキのために使われていた。

「これ、盗聴器なんです」真鍋がそれをテーブルの上に置いて言った。

小川は手に取ってじっくり観察してみたが、どうみてもただの二股である。ただ、彼女が買ったものではないことは確かだった。自分は、二股を選ぶなら、必ず黒い色のものを選ぶ。その二股は白い。どうして、気づかなかったのだろう。

「バイト先が開発したもので、そのテストをしていたんです。電波を発信するだけじゃないんですよ。それだったら、傍受《ぼうじゅ》するのに近くにいないと駄目ですよね。これは、電波を飛ばすんですけれど、そちらのコンピュータのルータにアクセスして、ネット上の指定のサーバに音声ファイルを作るんです」

「市販されているの、これ」小川は驚いた。

「いえ、まだです。ちょっと今は高いんですよね。販売されるのは、もう少しさきだと思います」

「真鍋君、それで、その音を聞いていたの？」

「ときどきですけれど、ええ。だから、これは警察を呼んだ方が良いって、判断したんです」

「そんなに緊迫感があった？」

「なにもなければ、勘違いだったって言えば良いだけですから。こういうときは、安全な方を選択するのが鉄則です」真鍋が言った。「上村さんが、ここへ初めて来た日も、僕、ここへ来る途中で聞いたんですよ。あ、お客さんだなって」

「あ、だから、結婚詐欺だって、当てたのね」小川は思い出した。「いやだ、もしかして、私の部屋にも仕掛けてないでしょうね」彼女は、椙田が言ったことを思い出したのだった。

「試作品は、それ一つです」真鍋は言った。「長時間使って耐久性の試験をしているんですよ。盗聴が目的ではありません」

「そういうことってさ、私に言うべきだと思う」

「はい、すいません」真鍋は頭を下げた。

「そういうところが好き」永田が呟いた。

「それにしても、椙田さん、どこへ行っちゃったんだろう」小川は溜息をついた。

「警察が来ることがわかっているんですから、そりゃあ、いなくなりますよ」真鍋が言う。「あ、そうだ。それよりも、小川さん、大事な報告があります」

「何？」

「結婚することになりました」真鍋が言った。

「誰が？」

「僕です」

「私もです」永田が自分の鼻に指を当てて言った。

「またまたあ……。へえ、そりゃ良かったわね。酔っ払ってるでしょう？」

「はい」永田が微笑んだ。

真鍋も笑顔のままだ。

「もしかして、本当に？」

二人が笑顔のまま同時に頷く。

「あら、どうして？」

「どうしてってことはないと思いますが」真鍋が言う。

「いえ、そうじゃなくて、どうして急に決まったのってこと。なにか、あったの？」

「私が、姉貴と喧嘩したからです」

「は？」小川は首を傾げる。

「明日にも、届け出をするつもりです」

「明日は、日曜日だけど」小川は言う。

「日曜日でも大丈夫ですよ」それを言ったのは、上村だった。

8

割れたガラスの後片づけをして、段ボール箱を切り、それで窓を塞ぐことにした。ガムテープが見つからず、とりあえずセロファンテープを使ったが、多少頼りない。冷たい空気が入らないように、というだけの防御である。大事なものは金庫に保管されているし、この金庫は移動することが困難なので、盗まれる心配はないだろう。だいいち、ほんの少しの現金と通帳類などが入っているだけだった。それに比べれば、小川が持ち込んでいるオーディオ機器の方が金目のものといえる。

そんなことを意識するのも、この事務所が自分のものになったことが影響しているだろう、と小川は自覚した。

警官には、駅前の店で食事をしている、と話して、四人は事務所をあとにした。野村刑事には会えていないが、そちらは優先順位が二番だった。

食事と言ったものの、既に夕食は済ませていた小川と上村は、デザートを注文した。真鍋と永田はピザを注文した。飲みものは、スパークリングワインだ。これで、乾杯をした。

「おめでとう！」小川は言った。「長かったよね、君たち」

「あっという間でしたけれどね」真鍋が言う。

「私は、絶対に別れると思っていた。ごめんね、正直に言うけれど」小川は話す。

「だって、そうでしょう？　どう見たって釣り合わないじゃない」

「あの、もうそれ以上言わないで下さい」真鍋が片手を、小川の前に差し出した。

「違うのよ。永田さんを見直したってことが言いたいの」小川は言う。

「え、私ですか？」

「もっとね、いい加減な人だと思っていた。よくも、真鍋君の価値を見抜いたわね」

「えっと、それは、褒められているのかなぁ」永田が首を捻る。「最初から、私は見抜いていたと思いますけれど。あ、つまり、小川さんこそ、私のことを見抜いていなかったのでは？」

「そうか……、そうだね」小川は笑った。「うん、やっぱ、賢いわ、永田さん」

「そうなんですよ、僕もそこが……」

「好きだったの？」永田がきいた。

話を黙って聞いている上村は、笑顔だった。

「上村さん、つき合わせてしまったけれど、良かった?」小川はきいた。

「はい。楽しいですね。こういう雰囲気って、最近なかったなって思いました」

「寂しいこと言わないの。これから、どんどん楽しいことがありますよ」小川は言う。

「あの、真鍋さんと永田さんは、探偵事務所のバイトは、続けられるんですか?」上村が尋ねた。

「いいえ」永田が返事をする。「私は、だいぶまえから、ほとんど来られなくなっています。いちおう、会社勤めなので」

「僕も、就職が決まったので、もう来られないですね」真鍋が言う。

「良いの良いの、二人とも、全然気にしないでくれ。私は、大丈夫」小川は胸を片手で叩いて言った。「バイトなんか、いくらでもいるんだから」

「あの、私では駄目でしょうか?」上村が言った。

「え?」小川は驚く。予想もしていなかった方向からなにか飛んできた感じである。

「上村さんが?」

「駄目ですか?」

「いいえ、そんなことない。でも、こんな仕事しなくても、ほかにもいろいろ楽な仕事が見つかるんじゃない？」

「こんな仕事って、どういう意味ですか？」真鍋が言った。

「いや、その、うーん、でもね、まっとうな仕事じゃないよ。なんていうのか、そもそも人様のトラブルに飛び込んでいくみたいな仕事じゃない。危ない目に遭うかもしれないし。勤務時間は定まらないし。それに、そもそも、事務所がいつ潰れるかもわからないし」

「私、やりたいと思います。希望ですけれど」

「本当に？　本気で？」

「お願いします」上村は頭を下げた。

「もちろん、私はとても嬉しいんだけれど……」

男が近づいてきた。小川が顔を上げる。

ポケットに手を突っ込んだままの野村刑事だった。

「あ、刑事さん」小川は立ち上がった。

「いや、そのままでけっこうです」野村は、ポケットから片手を出した。隣のテーブルの椅子をこちらへ向きを変え、そこに座った。「皆さん、事務所の方ですか？」

「はい、そうです」小川は答える。「バイトをお願いしている人たちです。たまたま、集まったので」もちろん、上村のことは黙っていよう、と思う。

「そうですか……、じゃあ、ここで聞いた話は、他言のないように」野村は、ほかの三人を見て言った。「だいたいの話は聞いてきましたが、どうして、前山がここへ来たんですか？」

「居酒屋でばったりあの二人と会ったんですけれど、その、鎌をかけて、生前の鳥井さんから、私の依頼人が電話をもらったんだ、と話したんです。貴方のことを聞いていますよって。言ったのはそれだけです」

「ほう……、思い切った作戦ですね」野村は口を丸くした。

「そうしたら、なんか変な雰囲気になって……。がらっと、表情も変わって。彼、相当酔っていたみたいです」

「薬ですよ。その件でまず逮捕しました。粉を所持しているのも、見つかっています。女の方も、たぶん陽性でしょう」

「そうなんですか……、それじゃあ、幻覚でも見たんですね」小川は呟く。椙田が言っていたとおりだ。

「鉄パイプを持っていましたね。どこからあんなものを？」

「知りません。つけられたと思いましたけれど、どうも、私が渡した名刺で、事務所の場所を見つけたんだと思います」

「なるほど。貴女を脅して、口を塞ごうとしたわけだ」

「殺すつもりだったのでは？」真鍋が口を挟んだ。

「津村という女は？　共犯と見て良いのでしょうか？」

「さあ、わかりません。でも、二人で居酒屋へ来ましたから、少なくとも、関係はあったのでは。それに、えっと、事務所の前に出たら、さきに津村さんが近づいてきて、依頼人の女を出せって言いました」

「え、どういうことですか？　依頼人が事務所にいたのですか？」

「いません」小川は、上村を庇って、嘘を答えた。「だから、いないって、彼女には言ったんです」

「そうですか……、では、ここだけの話ですが、警察が摑んでいる情報を少しだけ」野村は、椅子を前に引き、テーブルに近づいた。「前山は、私たちも睨んでいました。どうも彼は、鳥井の詐欺について知っていたかもしれない。周囲にそれらしい話をしているんです。それで、津村を鳥井に紹介して、詐欺の囮《おとり》にしたんじゃないか、という疑いを我々は持っていました」

「詐欺の囮というのは?」小川はきいた。

「つまり、詐欺だとわかっていて、わざと引っ掛かるわけです。そして、金を相手に振り込む。そこへ、強面《こわもて》が現れて、どうしてくれるんだ、と凄んで脅す、というやり方ですね。結婚詐欺は、よくこの被害に遭っている。自分も堅気じゃないから、警察に助けを求めるわけにもいかない。詐欺で稼いだ金をそっくり出すしかない。ようするに、結婚詐欺の天敵みたいなものですな」

「それ、どれくらい本当の話ですか?」上村が突然尋ねた。

「まあ、金の移動を調べるとそうなっていて、そこから、類推したことです。本人たちがしゃべれば、明らかになりますが、どうでしょうか」

「暴力団は関係なかったのですか?」小川がきいた。

「わかりません。無関係とは思えませんが、尻尾は摑めない。とにかく、金は、前山が全部握ったようです。ほんの一部だけが、お情けで鳥井に残った。それを、最後の恋人へ送ったのでしょう」

小川は、つい上村を見てしまった。彼女は、下を向いていた。

「金を奪ったのに、どうして殺さなければならなかったのでしょう?」小川はきいた。

「金を手に入れたから、殺したんですよ。あの二人は、明日の飛行機でハワイへ発つつもりだった。その予約をしていました。だから、前夜祭だったんでしょう」

「私たちを襲ったのも……」小川は言いかけたが、また、上村を見てしまった。ハンカチを鼻に当てている。泣いているのだ。それを見て、そのあとの言葉が出なくなってしまった。

「知っている者を消そうとした。あとは野となれ山となれといったところだったでしょう。実は、マークしていまして、居酒屋まではつけていたんです。それが、見失ってしまったようで、危ないところでした。空港で止めるには逮捕状が必要で、そこまではちょっと無理かな、という状況だったんです。薬を持っていれば止められる。それにかけるしかないか、とも話していたんです。いやぁ、助かりました」

「高飛びするつもりだったんですね……」小川は呟いた。

電話がかかってきた。

「ちょっと失礼……」小川は立ち上がった。トイレの方へ歩き、電話に出た。

「どうだった？」椙田の声だ。

「椙田さん、大丈夫でした？」

「何が？」

「怪我とかされたんじゃないか、と心配したんですよ」

「いや、ちょっと野暮用《やぼよう》を思い出したんで。警察は来た？」

「今、刑事さんと話をしているところです」

「僕はいなかったことにしてくれ」

「はい、心得ています」

「じゃあ、小川令子さん、元気で」

「どういうことですか？」

「しばらく、僕はいない。日本にいない」

「高飛びですか？」

「そうだよ。君も、そろそろ気づいていただろう？」

「はい、それとなくですが……」

「感謝している」

「私もです」

「騙されたと思ったことは？」

「ありません」

「そう、それは……、良かった」

「もう少し騙してもらいたかった。それが心残りです」

「僕は、けっこう誠実な人間でね、これでも」

「知っています」

「騙し騙し生きている。これからもね……。君も、元気で」

「ありがとうございました」

小川は、電話を切って、そのままトイレに入った。

店の音楽が遠くで流れている。安い音のスピーカだ。

今夜は、帰ったら、あのアンプを鳴らそう。

そして、泣こう。

それしかない。

でも、今夜泣いても、また明日が来る。

明日は泣いているわけにはいかない。

とりあえず、誰もいないトイレで、鏡を見て、一分ほど泣くことにした。

エピローグ

膨大な情報と孤立というバランスの悪さを抱えた現代人は、主体的に選択してアクセスしているはずが、いつのまにかそこに依存し、そこからの情報によって、知らないうちに思考や行動を左右されるということが、日常的な光景になろうとしている。


三日後に、小川は野村に呼び出され、説明を受けた。

前山は、鳥井信二殺しについて大方の自供をしているらしい。ただ、彼は津村に指示されてやったと言い、一方の津村は、自分はまったく無関係だ、と主張しているとのことだった。

現金のやり取りに関しては、警察は既に把握しているようだ。野村の話では、もう一人の繁本に対しても、半分程度の金はいずれ戻るのではないか、という。ただそれには、裁判の判決を待たなければならない。上村恵子にも、多少の還元がある可能性もある。

真鍋と永田の結婚のことを、椙田に伝えなければならない、と気づき、電話をかけたのだが、通じなかった。あの最後の電話のとき、そのことを失念していた自分に、小川は少し腹が立った。あのとき、何故か、これがもう最後だということがわかってしまい、信じられないくらい熱い気持ちが沸き上がって、頭も回らず、言葉にならなかったのだ。ああいうことがあるのだな、と振り返る。

メールだけは、いちおう出しておいた。返事はないが、エラーは出ないので、おそらく通じているのだろう。

さらに翌週から、上村恵子が小川の事務所に出勤してきた。鷹知の浮気調査で、本格的な張込みを行うための人手が欲しかったところで、ちょうど良かった。このほかにも、もう一つ、調査依頼が舞い込み、小川の事務所は、急に忙しくなった。

上村は、自分の履歴書を書いて、小川に手渡した。提出しろと言ったわけではなかったのに、就職するならば出すのが普通だ、と上村は言った。

このとき、彼女はこれまで嘘を三ついていた、と明かした。それは、上村恵子という名前、それから職業、出身地についての嘘だった。その嘘をつかなければならなかった理由として、安藤順子に居場所を知られたくなかったからだ、と上村は説明した。

「そうか……、安藤さんが探しているもう一人の被害者が、貴女だったのね」小川は、その可能性には気づいていた。たしかに、実名では、安藤と接触した小川が気づく。それを避けたかったのだろう。

「あの人を避けているのは、もう私に関わらないでほしいと思ったからでした。親しすぎて、心配してくれるのは嬉しいけれど、あの人の負担になってはいけないし、それに、私も顔が合わせられなかったから……」上村はそう語った。

「ちゃんと伝えて、会った方が良いと思う」小川は説得した。

上村は、事件解決でふっきれたのか、それともこれから新しい生活が始まるためか、以前とはずいぶん印象が違い、買ったばかりだというコートを着てきたし、表情も明るくなっている。

「もし、むこうから連絡があったら、貴女のことを話しても良い？」と小川がきくと、

「はい」と上村は頷いた。

翌週の週末に、安藤が事務所にやってきた。小川が、上村のことを伝えたからだった。

「ジュンちゃん」安藤を見た上村は、立ち上がって、か細い声を上げ、泣きだした。二人は、抱き合って、しばらく言葉を発しなかったが、安藤は、何度も、「馬鹿」と優しく言った。

そんな感動の対面のあとは、もうごく普通で、三人で楽しくおしゃべりをした。安藤も独立して東京へ出てくる、と聞いた。

夕方だったので、二人は事務所を出ていった。どこかで一緒に食事をするつもりだろう。小川は、レポートを書く仕事が残っていたので、しばらく一人でキーボードを叩いた。

椙田が使っていたデスクで、彼女は仕事をしている。事務所をこの方向から眺めることは、これまでなかったかもしれない。自分はここの所長、否、社長なんだ、と改めて思った。社員をさきに帰して、社長が残業である。

事務所の通帳には、三百万円以上の残高が記されていた。びっくりして、記帳にいったが、その後に引き出されてもいない。予想外に多いというか、聞いていたのより多額である。椙田に理由を聞きたいところだが、それもできないでいる。

この事務所の家賃も、大家に確かめたところ、椙田の言葉どおり、一年半後まで支払いは不要だという。そちらの総額も四百万円分ほどになる。

相田は、退職金として、これを置いていったのだ。普通の退職金とは逆である。なんだか、落とし前をつける、という言葉を小川は連想してしまった。どうして、そんな変な表現を思いついたのか、よくわからない。

でも、あの日、この事務所の暗闇の中で、デスクの引出しを探していた彼は、まるで泥棒だった。そんなイメージから、思いついたのだろう。

西之園が、話さなかった彼の過去も、きっと、そんなダークなイメージのものにちがいない。はっきりと聞かないで良かった、と思うしかない。

*

この日、小川は自宅へ帰って、音楽を聴くことにした。一番大切なアンプのスイッチを入れようとしたとき、少しもったいない気がして、二番めのアンプにした。そちらで音を鳴らして、リズムに乗っていたのだが、火のついていない大事なアンプをじっと見つめてしまった。

それを選んだときに、その場に椙田がいたのだ。彼と初めて会った日だ。

あの日は寒かった。あれから、もう五年か……。

そういえば……。

変な遺言があった。

彼の手帳に遺っていた。

午前と午後が背中合わせ。

それが小川君のものだ。

小川は、そのなぞなぞを思い出して、くすっと吹き出した。そして同時に、こんなふうに笑える自分に驚いた。

ずっとこれまで、思い出すだけで涙が出たのに、
どうして、今、私は笑ったのだろう。

笑えるようになるのに、五年かかったということか……。

たしか、そのなぞなぞを、椙田はすぐに解いてしまった。

午前がAMで、午後はPM。だから、背中合わせになれば、AMP、アンプになる。彼の言葉どおり、このアンプは、私のものになった。

私一人だけのための遺言だった。

もっと高価な、何千万円もするアンプも幾つかあったのに、自分はこれを選んだ。そのことを、あのとき椙田は不思議だと言った。「金塊でも入っているのか?」と冗談も言ったのだ。

ついこのまえは、「それだけは、絶対に手放さないこと。いいね?」とも言った。

小川は、そのアンプを引き出し、注意をして、真空管を抜いた。ときどき、こうして掃除をしているが、これまで内部を見たことはなかった。もの凄く重いので、持ち上げることはできないが、引きずれば移動できる。真空管を外したあと、クッションを近くに置いて、アンプの片方を持ち上げて立てた。大きなトランスがクッションに埋まる。安定したのを確かめ、工具箱を取りにいった。

ドライバで、アンプのシャーシの底板を外す。八本のネジだった。このときも、床に毛布を敷き、シャーシに傷がつかないように工夫をした。コンデンサなどを取り替えるときに、こうして開ける必要があるけれど、これまで一度も不具合はなく、開けたことはなかった。

彼が配線をしたアンプで、製作途中に見せてもらったことがあった。色とりどりのケーブルが綺麗に束ねられ、美しいといえるほど理路整然とした配置で、それはそのまま彼の思考のイメージ、彼の生き方のイメージだった。小川が、このアンプに惚れ込んだのは、彼に惚れ込んだのと同じ理由といえるかもしれない。

底板を外すと、その回路が現れた。

しかし、シャーシの端に、テープで貼り付けられたものがあった。

五センチ立方ほどの、薄紫色のケースだった。

コンデンサに残った電圧に注意して、小川は、そのケースを取り出す。

もう、何かわかった。

それを開ける。

中身を取り出した。

彼女は、それをすぐに自分の指に通した。

少し窮屈《きゅうくつ》に感じたが、それは、五年間の彼女の変化だろう。

その指輪には、大きな宝石がついているわけでもなかった。しかし、センスの良いデザインで、おそらく特注したものだろう。

「なんてことをしてくれるのぉ！」小川は叫びたかった。

もう一度外して、リングの裏側を見る。
R.O.のイニシャルがあった。残念ながら、彼のイニシャルはない。小川のOだから、がっかりだ。

でも、涙が流れた。がっかりしたからではない。温かい涙で、もの凄く嬉しかった。生きてきて良かった。本当に良かった。

「一生、独身でいろってことですか？」小川は笑った。「信じられない我が儘」

そうだ、そういう無理を通す人だった。

懐かしいなぁ。

それと同時に、椙田が、このことを知っていたのではないか、と思いついた。彼と椙田は、どれくらい親しかったのだろうか。万が一、このアンプを彼女が選ばなかったときには、椙田がなんとかするつもりだったのでは……。

そういうことを、もっと話してほしかったな、と思った。

＊

翌日、出勤すると、事務所の前の道路で、上村が掃除をしていた。近所の老婆の姿もあった。そういえば、ナオミさんのことも、きかず終いである。

頭を下げると、老婆が近づいてきて言った。

「いい子が入ったわね」

どうやら、既に面接を終えたところのようだ。それは、ナオミさんの仕事場の言い方なのではないか。

「どうして、掃除をしようと思ったの?」二人で階段を上るときに上村に尋ねると、

「新しい箒があったので」と彼女は答えた。

素晴《すば》らしい、と小川は思う。一つは、機転の利く上村について。もう一つは、自分が掃除をしなくても良くなったことについて。

しかし、紅茶は小川が作った。小川が持ち込んでいるものだからだ。

今日は午後から張込みがある。もう一つの調査の準備を午前中に行う予定だ。

紅茶を上村の前に運ぶ。

「あ、小川さん、指輪してる」上村が目ざとく見つけて言った。「どうしたんですか?」

「いえ、心機一転、頑張ろうと思って」

「何が、心機一転したんですか?」

「いえ、プライベートです」

「うわぁ」上村が口の形を変える。

「いえいえ、違うの。勘違いしないでね。なにもありませんから。私の周囲にはね、

煙も立たないんだなあ、何故か。そういう人生なの、これまではね」

「これからは？」

「これからも」小川は、そう言ってデスクに着いた。

誰かが、通路を歩いてくる。ドアがノックされた。上村は、出たままだった箒をロッカに仕舞いにいく。小川が返事をすると、戸口に現れたのは、西之園だった。

「あ、西之園先生」小川は立ち上がって、デスクから出ていった。

「おはようございます。近くへ来たので、ちょっと寄ってみました。椙田さんは？」

「いいえ、彼は、もう……」小川は首をふって答える。

「そう、やっぱり、そうなのね」西之園は頷いた。「いえ、いいんです。去る者は追わず」

西之園が上村の方を見る。

西之園は、じっと彼女を見つめた。上村は目を見開いて、立ち尽くしていた。

「メグミちゃん」西之園は言った。「ここで何をしているの？」

それは、上村の本名だった。

「あ、新人です」小川は紹介した。

しかし、上村は黙って西之園に近づき、手前で立ち止まり、お辞儀をした。

そのあと、二人はしばらく、抱き合っていた。
「知合いだったの？」小川がきいても、二人は答えてくれない。
みんな、いろいろな過去を持っているのだな、と小川は思う。
なんとなく、自分の指を見てしまった。
そういうことも、あるさ……、と相田の声が聞こえた気がした。

Xシリーズを描いて

唐仁原多里（イラストレーター）

十九歳の時、本屋さんでとても目を惹《ひ》かれる文庫本に出会いました。表紙のイラストレーション、全体の佇《たたず》まいと存在感が素晴らしく、とても目立っていて思わず買ってしまいました。その本が初めて買った森博嗣さんの本で、講談社文庫のVシリーズ『人形式モナリザ』でした。

当時学生だった私は、装丁家が鈴木成一さんという事も、表紙をいとう瞳さんが描いた事も知らず、ただ素敵な本を手にして、少し大人になったような気持ちでいた事を思い出します。

二十六歳の頃、HBギャラリーでレトロなおもちゃばかりを描いた展覧会を「COLLECTION」を開催、作品集を鈴木成一さんにお渡ししました。その後、このシリーズの装画を描かせてもらう事になりました。

一作目の『イナイ×イナイ』では、個展に展示した古い車の絵をそのまま使っていただきました。二作目の『キラレ×キラレ』では、存在しないダイヤを走っている幽霊列車のようなイメージで描きました。列車の質感が良く描けたと思い、特に気にいってます。三作目の『タカイ×タカイ』ではキューピー人形のような感じでと鈴木さんからのアドバイスを受けて制作しました。

四作目の『ムカシ×ムカシ』は、ボロボロの番傘を差して桶《おけ》に入った河童《かっぱ》を描きました。必死になって旧家を守っているという意味も含まれています。五冊目の『サイタ×サイタ』では、文庫本に帯をかけている状態では葉の黒いチューリップ、帯を外すと黒うさぎが現れるという遊びを提案してみました。

一冊目から六冊目の『ダマシ×ダマシ』の新郎新婦を描くまでに十年の期間があり、仕事をしていく中で、私自身の絵が変わってきていたのですが、十年前の個展の絵などを見返して、描き方を思い出しながら描いてみました。

刊行のペースが緩やかだったので、完結まで十年間、このお仕事の連絡が来ると次はどんな絵を描くか楽しみにしていました。

本編では、度胸があるようで、自宅にボスが来ると緊張してしまう小川、若いのにどこか達観した所がありマイペースだけど、意外と鋭い真鍋（私はこの人きっとAB型かもと思って読んでました）、二人の噛み合ってないようで、合ってるような空気感が好きでした。

最終巻で、小川と真鍋の二人にも様々な変化が訪れた事で、あのどこかちぐはぐな会話をしながら推理をする二人がもう読めないのかもしれないと思うと、少し寂しい気持ちもします。

このシリーズは、森博嗣さんが造られた精巧なカラクリのような、一度読んだだけでは、理解しきれない謎がたくさん仕掛けられているように思います。きっと何度読んでも新しい仕掛けが見つかるはずです。私の絵がその仕掛けの一部になれたとしたらとても嬉しいです。

森博嗣著作リスト

（二〇二〇年五月現在、講談社刊。＊は講談社文庫に収録予定）

◎S&Mシリーズ

すべてがFになる／冷たい密室と博士たち／笑わない数学者／詩的私的ジャック／封印再度／幻惑の死と使途／夏のレプリカ／今はもうない／数奇にして模型／有限と微小のパン

◎Vシリーズ

黒猫の三角／人形式モナリザ／月は幽咽のデバイス／夢・出逢い・魔性／魔剣天翔／恋恋蓮歩の演習／六人の超音波科学者／捩れ屋敷の利鈍／朽ちる散る落ちる／赤緑黒白

◎四季シリーズ

四季　春／四季　夏／四季　秋／四季　冬

◎Gシリーズ

φ《ファイ》は壊れたね／θ《シータ》は遊んでくれたよ／τ《タウ》になるまで待って／ε《イプシロン》に誓って／λ《ラムダ》に歯がない／

η《イータ》なのに夢のよう／目薬α《アルファ》で殺菌します／ジグβ《ベータ》は神ですか／キウイγ《ガンマ》は時計仕掛け／χ《カイ》の悲劇／ψ《プサイ》の悲劇（＊）

◎Xシリーズ

イナイ×イナイ／キラレ×キラレ／タカイ×タカイ／ムカシ×ムカシ／サイタ×サイタ／ダマシ×ダマシ（本書）

◎百年シリーズ

女王の百年密室／迷宮百年の睡魔／赤目姫の潮解

◎Wシリーズ（すべて講談社タイガ）

彼女は一人で歩くのか？／魔法の色を知っているか？／風は青海を渡るのか？／デボラ、眠っているのか？／私たちは生きているのか？／青白く輝く月を見たか？／ペガサスの解は虚栄か？／血か、死か、無か？／天空の矢はどこへ？／人間のように泣いたのか？

◎ＷＷシリーズ（講談社タイガ）

それでもデミアンは一人なのか？／神はいつ問われるのか？／キャサリンはどのように子供を産んだのか？／幽霊を創出したのは誰か？（二〇二〇年六月刊行予定）

◎短編集

まどろみ消去／地球儀のスライス／今夜はパラシュート博物館へ／虚空の逆マトリクス／レタス・フライ／僕は秋子に借りがある　森博嗣自選短編集／どちらかが魔女　森博嗣シリーズ短編集

◎シリーズ外の小説

そして二人だけになった／探偵伯爵と僕／奥様はネットワーカ／カクレカラクリ（講談社文庫版二〇二〇年七月刊行予定）／ゾラ・一撃・さようなら／銀河不動産の超越／喜嶋先生の静かな世界／トーマの心臓／実験的経験

◎クリームシリーズ（エッセイ）

つぶやきのクリーム／つぼやきのテリーヌ／つぼねのカトリーヌ／ツンドラモンスーン／

つぼみ茸ムース／つぶさにミルフィーユ／月夜のサラサーテ／つんつんブラザーズ

◎その他

森博嗣のミステリィ工作室／１００人の森博嗣／アイソパラメトリック／悪戯王子と猫の物語（ささきすばる氏との共著）／悠悠おもちゃライフ／人間は考えるＦになる（土屋賢二氏との共著）／君の夢　僕の思考／議論の余地しかない／的を射る言葉／森博嗣の半熟セミナ　博士、質問があります！／ＤＯＧ＆ＤＯＬＬ／ＴＲＵＣＫ＆ＴＲＯＬＬ／森籠もりの日々／森には森の風が吹く／森遊びの日々／森語りの日々／森心地の日々／森メトリィの日々

☆詳しくは、ホームページ「森博嗣の浮遊工作室」
(http://www001.upp.so-net.ne.jp/mori/) を参照

■冒頭および作中各章の引用文は『マインド・コントロール（増補改訂版）』（岡田尊司著、文春新書）によりました。
■本書は、二〇一七年五月、小社ノベルスとして刊行されました。

|著者|森 博嗣 作家、工学博士。1957年12月生まれ。名古屋大学工学部助教授として勤務するかたわら、1996年に『すべてがFになる』(講談社)で第1回メフィスト賞を受賞しデビュー。以後、続々と作品を発表し、人気を博している。小説に『スカイ・クロラ』シリーズ、『ヴォイド・シェイパ』シリーズ(ともに中央公論新社)、『相田家のグッドバイ』(幻冬舎)、『喜嶋先生の静かな世界』(講談社)など、小説のほかに、『自由をつくる 自在に生きる』(集英社新書)、『孤独の価値』(幻冬舎新書)などの多数の著作がある。2010年には、Amazon.co.jpの10周年記念で殿堂入り著者に選ばれた。ホームページは、「森博嗣の浮遊工作室」(http://www001.upp.so-net.ne.jp/mori/)。

ダマシ×ダマシ SWINDLER

森《もり》 博嗣《ひろし》

講談社文庫

定価はカバーに
表示してあります

2020年5月15日第1刷発行

発行者──渡瀬昌彦
発行所──株式会社 講談社
東京都文京区音羽2-12-21 〒112-8001
電話 出版 (03) 5395-3510
販売 (03) 5395-5817
業務 (03) 5395-3615

Printed in Japan

デザイン─菊地信義
本文データ制作─講談社デジタル製作
印刷───株式会社廣済堂
製本───株式会社国宝社

ISBN978-4-06-518792-0

講談社文庫刊行の辞

二十一世紀の到来を目睫に望みながら、われわれはいま、人類史上かつて例を見ない巨大な転換期をむかえようとしている。

世界も、日本も、激動の予兆に対する期待とおののきを内に蔵して、未知の時代に歩み入ろうとしている。このときにあたり、創業の人野間清治の「ナショナル・エデュケイター」への志を現代に甦らせようと意図して、われわれはここに古今の文芸作品はいうまでもなく、ひろく人文・社会・自然の諸科学から東西の名著を網羅する、新しい綜合文庫の発刊を決意した。

激動の転換期はまた断絶の時代である。われわれは戦後二十五年間の出版文化のありかたへの深い反省をこめて、この断絶の時代にあえて人間的な持続を求めようとする。いたずらに浮薄な商業主義のあだ花を追い求めることなく、長期にわたって良書に生命をあたえようとつとめるところにしか、今後の出版文化の真の繁栄はあり得ないと信じるからである。

同時にわれわれはこの綜合文庫の刊行を通じて、人文・社会・自然の諸科学が、結局人間の学にほかならないことを立証しようと願っている。かつて知識とは、「汝自身を知る」ことにつきていた。現代社会の瑣末な情報の氾濫のなかから、力強い知識の源泉を掘り起し、技術文明のただなかに、生きた人間の姿を復活させること。それこそわれわれの切なる希求である。

われわれは権威に盲従せず、俗流に媚びることなく、渾然一体となって日本の「草の根」をかたちづくる若く新しい世代の人々に、心をこめてこの新しい綜合文庫をおくり届けたい。それは知識の泉であるとともに感受性のふるさとであり、もっとも有機的に組織され、社会に開かれた万人のための大学をめざしている。大方の支援と協力を衷心より切望してやまない。

一九七一年七月

野間省一

講談社文庫 最新刊

柚月裕子 合理的にあり得ない
〈上水流《かみづる》涼子《りょうこ》の解明〉
危うい依頼は美貌の元弁護士がケリつけます！『孤狼《ころう》の血』『盤上の向日葵《ひまわり》』著者鮮烈作。

真保裕一 オリンピックへ行こう！
卓球、競歩、ブラインドサッカー各競技で日本代表を目指すアスリートたちの爽快感動小説。

西尾維新 人類最強の初恋
人類最強の請負人《うけおいにん》・哀川潤《あいかわじゅん》を、星空から『物体』が直撃！ 奇想天外な恋と冒険の物語、開幕。

森 博嗣 ダマシ×ダマシ
〈SWINDLER〉
探偵事務所に持ち込まれた結婚詐欺の依頼は殺人事件に発展する。Xシリーズついに完結。

黒澤いづみ 人間に向いてない
親に殺される前に、子を殺す前に。悶絶と号泣の心理サスペンス、メフィスト賞受賞作！

藤井邦夫 笑う女
〈大江戸閻魔帳(四)〉
霧雨の中裸足《はだし》で駆けてゆく女に行き合った戯作《げさく》者《しゃ》麟太郎。亭主殺しの裏に隠された真実とは？

行成 薫 スパイの妻
満州から戻った夫にかかるスパイ容疑。妻が辿り着いた驚愕の真相とは？ 緊迫の歴史サスペンス！

村上　龍　新装版 限りなく透明に近いブルー
村上　龍　新装版 コインロッカー・ベイビーズ
村上　龍　歌うクジラ (上)(下)
向田邦子　新装版 眠る盃
向田邦子　新装版 夜中の薔薇
村上春樹　風の歌を聴け
村上春樹　1973年のピンボール
村上春樹　羊をめぐる冒険 (上)(下)
村上春樹　カンガルー日和
村上春樹　回転木馬のデッド・ヒート
村上春樹　ノルウェイの森 (上)(下)
村上春樹　ダンス・ダンス・ダンス (上)(下)
村上春樹　遠い太鼓
村上春樹　国境の南、太陽の西
村上春樹　やがて哀しき外国語
村上春樹　アンダーグラウンド
村上春樹　スプートニクの恋人
村上春樹　アフターダーク
村上春樹 佐々木マキ絵　羊男のクリスマス

村上春樹 佐々木マキ絵　ふしぎな図書館
村上春樹 糸井重里　夢で会いましょう
村上春樹・文 安西水丸・絵　ふわふわ
U・K・ル＝グウィン 村上春樹訳　空飛び猫
U・K・ル＝グウィン 村上春樹訳　帰ってきた空飛び猫
U・K・ル＝グウィン 村上春樹訳　素晴らしいアレキサンダーと、空飛び猫たち
U・K・ル＝グウィン 村上春樹訳　空を駆けるジェーン
T・ファリッシュ著 B・ルート絵 村上春樹訳　ポテト・スープが大好きな猫
群ようこ　いいわけ劇場
村山由佳　永遠。
村山由佳　天翔る
睦月影郎　新・平成好色一代男 隣人と。女子アナと。
睦月影郎　密通妻
睦月影郎　卒業一九七四年
睦月影郎　初夏一九七四年
睦月影郎　快楽のグルメ
睦月影郎　快楽のリベンジ
睦月影郎　快楽ハラスメント
睦月影郎　快楽アクアリウム

向井万起男　渡る世間は「数字」だらけ
村田沙耶香　授乳
村田沙耶香　マウス
村田沙耶香　星が吸う水
村田沙耶香　殺人出産
村瀬秀信　気がつけばチェーン店ばかりでメシを食べている
室積　光　ツボ押しの達人
室積　光　ツボ押しの達人 下山編
森村誠一　悪道
森村誠一　悪道 西国謀反
森村誠一　悪道 御三家の刺客
森村誠一　悪道 五右衛門の復讐
森村誠一　悪道 最後の密命
森村誠一　棟居刑事の復讐
森村誠一　日蝕の断層
森村誠一　ねこの証明
毛利恒之　月光の夏
森　博嗣　すべてがFになる 〈THE PERFECT INSIDER〉
森　博嗣　冷たい密室と博士たち 〈DOCTORS IN ISOLATED ROOM〉

講談社文庫　目録

森 博嗣　笑わない数学者〈MATHEMATICAL GOODBYE〉
森 博嗣　詩的私的ジャック〈JACK THE POETICAL PRIVATE〉
森 博嗣　封印再度〈WHO INSIDE〉
森 博嗣　幻惑の死と使途〈ILLUSION ACTS LIKE MAGIC〉
森 博嗣　夏のレプリカ〈REPLACEABLE SUMMER〉
森 博嗣　今はもうない〈SWITCH BACK〉
森 博嗣　数奇にして模型〈NUMERICAL MODELS〉
森 博嗣　有限と微小のパン〈THE PERFECT OUTSIDER〉
森 博嗣　黒猫の三角〈Delta in the Darkness〉
森 博嗣　人形式モナリザ〈Shape of Things Human〉
森 博嗣　月は幽咽のデバイス〈The Sound Walks When the Moon Talks〉
森 博嗣　夢・出逢い・魔性〈You May Die in My Show〉
森 博嗣　魔剣天翔〈Cockpit on knife Edge〉
森 博嗣　恋恋蓮歩の演習〈A Sea of Deceits〉
森 博嗣　六人の超音波科学者〈Six Supersonic Scientists〉
森 博嗣　捩れ屋敷の利鈍〈The Riddle in Torsional Nest〉
森 博嗣　朽ちる散る落ちる〈Rot off and Drop away〉
森 博嗣　赤緑黒白〈Red Green Black and White〉
森 博嗣　四季　春～冬

森 博嗣　φ《ファイ》は壊れたね〈PATH CONNECTED φ BROKE〉
森 博嗣　θ《シータ》は遊んでくれたよ〈ANOTHER PLAYMATE θ〉
森 博嗣　τ《タウ》になるまで待って〈PLEASE STAY UNTIL τ〉
森 博嗣　ε《イプシロン》に誓って〈SWEARING ON SOLEMN ε〉
森 博嗣　λ《ラムダ》に歯がない〈λ HAS NO TEETH〉
森 博嗣　η《イータ》なのに夢のよう〈DREAMILY IN SPITE OF η〉
森 博嗣　目薬α《アルファ》で殺菌します〈DISINFECTANT α FOR THE EYES〉
森 博嗣　ジグβ《ベータ》は神ですか〈JIG β KNOWS HEAVEN〉
森 博嗣　キウイγ《ガンマ》は時計仕掛け〈KIWI γ IN CLOCKWORK〉
森 博嗣　χ《カイ》の悲劇〈THE TRAGEDY OF χ〉
森 博嗣　イナイ×イナイ〈PEEKABOO〉
森 博嗣　キラレ×キラレ〈CUTTHROAT〉
森 博嗣　タカイ×タカイ〈CRUCIFIXION〉
森 博嗣　ムカシ×ムカシ〈REMINISCENCE〉
森 博嗣　サイタ×サイタ〈EXPLOSIVE〉
森 博嗣　女王の百年密室〈GOD SAVE THE QUEEN〉
森 博嗣　迷宮百年の睡魔〈LABYRINTH IN ARM OF MORPHEUS〉
森 博嗣　赤目姫の潮解〈LADY SCARLET EYES AND HER DELIQUESCENCE〉
森 博嗣　まどろみ消去〈MISSING UNDER THE MISTLETOE〉

森 博嗣　地球儀のスライス〈A SLICE OF TERRESTRIAL GLOBE〉
森 博嗣　今夜はパラシュート博物館へ〈THE LAST DIVE TO PARACHUTE MUSEUM〉
森 博嗣　虚空の逆マトリクス〈INVERSE OF VOID MATRIX〉
森 博嗣　レタス・フライ〈Lettuce Fry〉
森 博嗣　僕は秋子に借りがある I'm in Debt to Akiko〈森博嗣自選短編集〉
森 博嗣　どちらかが魔女 Which is the Witch?〈森博嗣シリーズ短編集〉
森 博嗣　探偵伯爵と僕〈His name is Earl〉
森 博嗣　喜嶋先生の静かな世界〈The Silent World of Dr.Kishima〉
森 博嗣　実験的経験〈Experimental experience〉
森 博嗣　そして二人だけになった〈Until Death Do Us Part〉
森 博嗣　つぶやきのクリーム〈The cream of the notes〉
森 博嗣　つぼやきのテリーヌ〈The cream of the notes 2〉
森 博嗣　つぼねのカトリーヌ〈The cream of the notes 3〉
森 博嗣　ツンドラモンスーン〈The cream of the notes 4〉
森 博嗣　つぼみ茸《きのこ》ムース〈The cream of the notes 5〉
森 博嗣　つぶさにミルフィーユ〈The cream of the notes 6〉
森 博嗣　月夜のサラサーテ〈The cream of the notes 7〉
森 博嗣　つんつんブラザーズ〈The cream of the notes 8〉
森 博嗣　100人の森博嗣〈100 MORI Hiroshies〉

講談社文庫　目録

森　博嗣　的を射る言葉〈Gathering the Pointed Wits〉
森　博嗣　DOG&DOLL
諸田玲子　其《そ》の一日《いちにち》
諸田玲子　森家の討ち入り
森　達也　「自分の子どもが殺されても同じことが言えるのか」と叫ぶ人に訊きたい
森　達也　すべての戦争は自衛から始まる
本谷有希子　腑抜けども、悲しみの愛を見せろ
本谷有希子　江利子と絶対〈本谷有希子文学大全集〉
本谷有希子　あの子の考えることは変
本谷有希子　嵐のピクニック
本谷有希子　自分を好きになる方法
本谷有希子　異類婚姻譚
茂木健一郎　「赤毛のアン」に学ぶ幸福《しあわせ》になる方法
茂木健一郎　東京藝大物語
茂木健一郎 with ダイアログ・イン・ザ・ダーク　まっくらな中での対話
森川智喜　キャットフード
森川智喜　スノーホワイト
森川智喜　一つ屋根の下の探偵たち
森　晶麿　ホテルモーリスの危険なおもてなし
森　晶麿　恋路ヶ島サービスエリアとその夜の獣たち
森　晶麿　M博士の比類なき実験
森林原人　〈偏差値78のAV男優が考える〉セックス幸福論
桃戸ハル編・著　5分後に意外な結末〈ベスト・セレクション〉
山岡荘八　新装版　小説太平洋戦争　全6巻
山田風太郎　甲賀忍法帖〈山田風太郎忍法帖①〉
山田風太郎　伊賀忍法帖〈山田風太郎忍法帖③〉
山田風太郎　忍法八犬伝〈山田風太郎忍法帖④〉
山田風太郎　魔界転生(上)(下)〈山田風太郎忍法帖⑥⑦〉
山田風太郎　風来忍法帖〈山田風太郎忍法帖⑪〉
山田風太郎　新装版戦中派不戦日記
山田正紀　大江戸ミッション・インポッシブル〈顔役を消せ〉
山田正紀　大江戸ミッション・インポッシブル〈幽霊船を奪え〉
山田詠美　晩年の子供
山田詠美　A《エイ》2《トゥ》Z《ズィ》
山田詠美　ジェントルマン
山田詠美　珠玉の短編
柳家小三治　ま・く・ら
柳家小三治　もひとつま・く・ら
柳家小三治　バ・イ・ク
山口雅也　垂里冴子のお見合いと推理
山本一力　深川黄表紙掛取り帖
山本一力　牡丹酒〈深川黄表紙掛取り帖(二)〉
山本一力　ジョン・マン1　波濤編
山本一力　ジョン・マン2　大洋編
山本一力　ジョン・マン3　望郷編
山本一力　ジョン・マン4　青雲編
山本一力　ジョン・マン5　立志編
椰月美智子　十二歳
椰月美智子　しずかな日々
椰月美智子　ガミガミ女とスーダラ男
椰月美智子　恋愛小説
椰月美智子　メイクアップデイズ
柳　広司　キング&クイーン
柳　広司　怪談
柳　広司　ナイト&シャドウ
柳　広司　幻影城市
薬丸　岳　天使のナイフ

薬丸　岳　闇の底
薬丸　岳　虚夢
薬丸　岳　刑事のまなざし
薬丸　岳　逃走
薬丸　岳　ハードラック
薬丸　岳　その鏡は嘘をつく
薬丸　岳　刑事の約束
薬丸　岳　Aではない君と
薬丸　岳　ガーディアン
薬丸　岳　刑事の怒り
矢野龍王　箱の中の天国と地獄
山崎ナオコーラ　論理と感性は相反しない
山崎ナオコーラ　可愛い世の中
山田芳裕　へうげもの　一服
山田芳裕　へうげもの　二服
山田芳裕　へうげもの　三服
山田芳裕　へうげもの　四服
山田芳裕　へうげもの　五服
山田芳裕　へうげもの　六服
山田芳裕　へうげもの　七服
山田芳裕　へうげもの　八服
山田芳裕　へうげもの　九服
山田芳裕　へうげもの　十服
山田芳裕　へうげもの　十一服
山田芳裕　へうげもの　十二服
矢月秀作　A《ア》C《ク》T《ト》〈警視庁特別潜入捜査班〉
矢月秀作　A《ア》C《ク》T《ト》2 告発者〈警視庁特別潜入捜査班〉
矢月秀作　A《ア》C《ク》T《ト》3 掠奪〈警視庁特別潜入捜査班〉
矢野　隆　清正を破った男
山本　弘　僕の光輝く世界
山内マリコ　かわいい結婚
山本周五郎　さぶ〈山本周五郎コレクション〉
山本周五郎　白石城死守〈山本周五郎コレクション〉
山本周五郎　完全版 日本婦道記(上)(下)〈山本周五郎コレクション〉
山本周五郎　戦国武士道物語 死《し》処《しょ》〈山本周五郎コレクション〉
山本周五郎　戦国物語 信長と家康〈山本周五郎コレクション〉
山本周五郎　幕末物語 失蝶記〈山本周五郎コレクション〉
山本周五郎　逃亡記 時代ミステリ傑作選〈山本周五郎コレクション〉
山本周五郎　家族物語 おもかげ抄〈山本周五郎コレクション〉
山本周五郎　繁《しげ》あね〈美しい女たちの物語〉
山本周五郎　雨あがる〈映画化作品集〉
柳田理科雄　スター・ウォーズ 空想科学読本
柳田理科雄　MARVEL マーベル空想科学読本
矢野　隆　我が名は秀秋
矢野　隆　戦《いくさ》始末
靖子靖史　空《くう》色《しき》カンバス
夢枕　獏　大江戸釣客伝(上)(下)〈瑞空寺《ずいくうじ》凸凹《でこぼこ》縁起《えんぎ》〉
唯川　恵　雨心中
行成　薫　ヒーローの選択
行成　薫　バイバイ・バディ
吉村　昭　私の好きな悪い癖
吉村　昭　吉村昭の平家物語
吉村　昭　暁の旅人
吉村　昭　新装版 白い航跡(上)(下)
吉村　昭　新装版 海も暮れきる
吉村　昭　新装版 間宮林蔵
吉村　昭　新装版 赤い人

講談社文庫　目録

吉村　昭　新装版 落日の宴(上)(下)
吉村　昭　白い遠景
吉田ルイ子　ハーレムの熱い日々
吉川英明　新装版 父 吉川英治
吉村葉子　お金がなくても平気なフランス人 お金があっても不安な日本人
米原万里　ロシアは今日も荒れ模様
横山秀夫　半落ち
横山秀夫　出口のない海
吉田修一　日曜日たち
吉本隆明　真贋
吉本隆明　フランシス子へ
横関　大　再会
横関　大　グッバイ・ヒーロー
横関　大　チェインギャングは忘れない
横関　大　沈黙のエール
横関　大　ルパンの娘
横関　大　スマイルメイカー
横関　大　K2〈池袋署刑事課 神崎・黒木〉
横関　大　ルパンの帰還
横関　大　ホームズの娘
吉川永青　誉れの赤
吉川永青　裏関ヶ原
吉川永青　化け札
吉川永青　治部の礎《いしずえ》
好村兼一　兜割源三郎〈玄治店密命始末〉
吉村龍一　光る牙
吉村龍一　隠された牙〈森林保護官 樋口孝也の事件簿〉
吉川トリコ　ぶらりぶらこの恋
吉川トリコ　ミドリのミ
吉川英梨　波動〈新東京水上警察〉
吉川英梨　烈渦〈新東京水上警察〉
吉川英梨　朽《く》海《かい》の城〈新東京水上警察〉
吉川英梨　海底の道化師〈新東京水上警察〉
薬丸岳／竹吉優輔／高野文緒／横関大／遠藤武文／翔田寛　デッド・オア・アライヴ
隆　慶一郎　花と火の帝(上)(下)
隆　慶一郎　時代小説の愉しみ
隆　慶一郎　新装版 柳生刺客状
隆　慶一郎　見知らぬ海へ〈レジェンド歴史時代小説〉
梨　沙　華《はな》鬼《おに》
梨　沙　華鬼 2
梨　沙　華鬼 3
梨　沙　華鬼 4
リレーミステリー　宮辻薬東宮
連城三紀彦　女王(上)(下)
連城三紀彦 著　綾辻行人／伊坂幸太郎／小野不由美／米澤穂信 編　連城三紀彦 レジェンド〈傑作ミステリー集〉
連城三紀彦 著　綾辻行人／伊坂幸太郎／小野不由美／米澤穂信 編　連城三紀彦 レジェンド2〈傑作ミステリー集〉
令丈《れいじょう》ヒロ子 原作・文　吉田玲子 脚本　小説 若おかみは小学生！〈劇場版〉
渡辺淳一　失楽園(上)(下)
渡辺淳一　男と女
渡辺淳一　涙《なみだ》壺《つぼ》
渡辺淳一　秘すれば花
渡辺淳一　化粧(上)(下)
渡辺淳一　あじさい日記(上)(下)
渡辺淳一　熟年革命
渡辺淳一　幸せ上手
渡辺淳一　新装版 雲の階段(上)(下)

講談社文庫　目録

渡辺淳一　麻酔〈渡辺淳一セレクション〉
渡辺淳一　阿寒に果つ〈渡辺淳一セレクション〉
渡辺淳一　何処《いずこ》へ〈渡辺淳一セレクション〉
渡辺淳一　光と影〈渡辺淳一セレクション〉
渡辺淳一　花《はな》埋《うず》み〈渡辺淳一セレクション〉
渡辺淳一　氷紋〈渡辺淳一セレクション〉
渡辺淳一　長崎ロシア遊女館〈渡辺淳一セレクション〉
渡辺淳一　遠き落日(上)(下)〈渡辺淳一セレクション〉
和田はつ子　花《はな》御《み》堂《どう》〈お医者同心 中原龍之介〉
輪《わ》渡《たり》颯介　古道具屋 皆塵堂
輪渡颯介　猫除け 古道具屋 皆塵堂
輪渡颯介　蔵盗み 古道具屋 皆塵堂
輪渡颯介　迎え猫 古道具屋 皆塵堂
輪渡颯介　祟《たた》り婿《むこ》 古道具屋 皆塵堂
輪渡颯介　影憑《つ》き 古道具屋 皆塵堂
輪渡颯介　夢の猫 古道具屋 皆塵堂
輪渡颯介　溝猫《どぶねこ》長屋 祠之怪《ほこらのかい》
輪渡颯介　優しき悪霊〈溝猫長屋 祠之怪〉
輪渡颯介　欺きの童霊《わらしれい》〈溝猫長屋 祠之怪〉
若杉　冽　原発ホワイトアウト
綿矢りさ　ウォーク・イン・クローゼット

江戸川乱歩賞全集

日本推理作家協会編

- ① 中島河太郎　探偵小説辞典
- ② 仁木悦子　猫は知っていた
- 　 多岐川恭　濡れた心
- ③ 新章文子　危険な関係
- 　 陳舜臣　枯草の根
- ④ 戸川昌子　大いなる幻影
- 　 佐賀潜　華やかな死体
- ⑤ 藤村正太　孤独なアスファルト
- 　 西東登　蟻の木の下で
- ⑥ 西村京太郎　天使の傷痕
- 　 斎藤栄　殺人の棋譜
- ⑦ 海渡英祐　伯林—一八八八年
- 　 森村誠一　高層の死角
- ⑧ 大谷羊太郎　殺意の演奏
- 　 和久峻三　仮面法廷
- ⑨ 小峰元　アルキメデスは手を汚さない
- 　 小林久三　暗黒告知
- ⑩ 日下圭介　蝶たちは今…
- 　 伴野朗　五十万年の死角
- ⑪ 梶龍雄　透明な季節
- 　 藤本泉　時をきざむ潮
- ⑫ 栗本薫　ぼくらの時代
- 　 井沢元彦　猿丸幻視行
- ⑬ 長井彬　原子炉の蟹
- 　 高橋克彦　写楽殺人事件
- ⑭ 中津文彦　黄金流砂
- 　 岡嶋二人　焦茶色のパステル
- ⑮ 鳥井架南子　天女の末裔
- 　 東野圭吾　放課後
- ⑯ 山崎洋子　花園の迷宮
- 　 石井敏弘　風のターン・ロード
- ⑰ 坂本光一　白色の残像
- 　 長坂秀佳　浅草エノケン一座の嵐
- ⑱ 鳥羽亮　剣の道殺人事件
- 　 阿部陽一　フェニックスの弔鐘

古典

- 高橋貞一校注　平家物語(上)(下)
- 中西進校注　万葉集 全訳注原文付 全四冊
- 中西進編　万葉集事典〈万葉集全訳注原文付・別巻〉
- 世阿弥編 川瀬一馬校注　花伝書(風姿花伝)